6

Les rebelles de Saint-Chad

J'AI LU

THERESA CHARLES

LE CHIRURGIEN DE SAINT-CHAD	*J'ai lu* 873/3*
INEZ, INFIRMIÈRE DE SAINT-CHAD	*J'ai lu* 874/3*
UN AMOUR À SAINT-CHAD	*J'ai lu* 945/3*
CRISE À SAINT-CHAD	*J'ai lu* 994/2*
LUNE DE MIEL À SAINT-CHAD	*J'ai lu* 1112/2*
LAKE, QUI ES-TU?	*J'ai lu* 1168/4*
GARE AUX SORCIÈRES!	*J'ai lu* 1275/2*
TOI SEUL	*J'ai lu* 1337/3*
LA MAISON SUR LE ROC	*J'ai lu* 1206/3*
LE MARI INCONNU	
LINDISFANE	
LES MAL-AIMÉS DE FERCOMBE	*J'ai lu* 1146/3*
FIÈRE CITADELLE	*J'ai lu* 1323/3*
L'ÎLE AUX ANGOISSES	*J'ai lu* 1252/2*
PORTÉ DISPARU	
SECRÈTE COMME UN DANGER	
LA BAGUE D'OPALE	*J'ai lu* 1229/2*
LE TEMPS D'INCERTITUDE	
PRENDS GARDE, LINDA	
LE CHÂTEAU DE LA HAINE	*J'ai lu* 1190/2*
AMNÉSIE	
UN HOMME SE CACHE	*J'ai lu* 1523/2*
POUR UN SEUL WEEK-END	*J'ai lu* 1080/3*
LE JEU DE L'OMBRE	
FIDÈLE À UN RÊVE	*J'ai lu* 1035/2*
ROSAMOND	*J'ai lu* 1795/4*
THEA	*J'ai lu* 1873/4*
LES PROMESSES DE L'ARC-EN-CIEL	*J'ai lu* 1349/2*
LE CHARME D'UN DÉMON	*J'ai lu* 1298/3*
MON AMOUR DES BRUMES	*J'ai lu* 1374/3*
UN CHOIX DÉCHIRANT	*J'ai lu* 1428/2*
LES REBELLES DE SAINT-CHAD	*J'ai lu* 1495/3*

Theresa Charles

Les rebelles de Saint-Chad

traduit de l'anglais par Evelyne STAUFFER

Éditions J'ai lu

Ce roman a paru sous le titre original :

SURGEON'S SWEETHEART

1

– Madame, madame! venez vite! Elle va mourir...

Inez Raine, Mrs Patrick Elbure dans le privé mais infirmière-major Raine à l'hôpital, leva la tête des papiers qu'elle était en train de remplir avant de quitter son poste.

Peggy Trent, pourtant dans sa troisième année de formation, avait malheureusement tendance à s'affoler comme une débutante. C'était elle qui venait de pénétrer en coup de vent dans le bureau, tout essoufflée.

– Mademoiselle! Ressaisissez-vous! dit Inez. Votre bonnet est de travers et votre blouse est toute froissée.

– C'est encore cette Hickory. Elle a une syncope, ça y est! s'écriait Peggy Trent. Elle a commencé à vomir du sang, et puis elle est devenue toute molle.

Inez se leva d'un bond. Elle savait par expérience que si l'infirmière Trent s'affolait pour un rien, cette fois, il semblait s'agir d'une crise totalement imprévisible.

– Léna Hickory? s'étonna-t-elle. Elle se remettait pourtant bien... elle reprenait même du poids...

Son bureau se trouvait malencontreusement situé dans le coin le plus isolé de cette aile vétuste. Inez se hâta dans le couloir, suivie de Peggy.

Léna Hickory comptait parmi les cas où Inez avait le mieux réussi.

Le jour où, à contrecœur, elle avait pris son poste d'infirmière-major à la maternité, elle avait trouvé un service bien au-dessous du niveau de Saint-Chad en général. Négligence et insubordination régnaient parmi les jeunes infirmières, laissant trop de prérogatives aux anciennes. Les patientes n'avaient pas confiance en l'infirmière-major Airdrie, et le personnel la tournait en dérision. Pour la précédente responsable du service la sexualité était chose écœurante et elle n'éprouvait aucune sympathie ni patience pour les mères célibataires comme Léna Hickory.

Léna, mère d'un prématuré de deux mois, était la « fille à problèmes » du service et un élément franchement perturbateur. Depuis son arrivée pourtant, Inez avait surmonté sa méfiance, en grande partie justifiée par les difficultés qu'elle avait rencontrées. Léna avait décidé de garder son bébé et Inez l'approuvait. Tout en conservant un silence obstiné sur sa famille et le père de son fils, Léna commençait à répondre à l'intérêt d'Inez concernant son avenir.

La panique de Peggy semblait justifiée; Léna était couchée, totalement inerte, en travers du lit, dans une mare de matières vomies mêlées de sang. Du sang perlait entre les lèvres bleuies. La jeune femme respirait encore, mais faiblement.

– Mademoiselle, allez au bureau et appelez Mr Walters ou Mr O'Halloran, ordonna Inez. Et faites venir l'infirmière-chef immédiatement.

– Ça lui a pris tout d'un coup, indiqua Mrs Parvis qui occupait le lit voisin. Elle était toute gaie, et soudain elle s'est mise à se tordre et à suffoquer, comme si elle avait pris du poison.

– Du poison? répéta Inez d'un ton brusque. C'est ridicule!

Pourtant, elle avait beau protester, cette idée horrible lui avait traversé l'esprit; Léna présentait en effet tous les symptômes d'un empoisonnement.

– C'est la sixième fois que je viens à l'hôpital et je n'ai jamais rien vu de sembable, insistait Mrs Parvis. Ça me rappelle le vieux chien de mon père, le jour où il a bu du désherbant dans l'arrosoir. Ça n'a pas duré plus de dix minutes, mais je n'oublierai jamais!

– Oh, Mrs Parvis, ne dites pas cela! intervint une brune replète qui venait d'accoucher de jumeaux et qui s'agitait dans son lit. Une simple gastrite, non?

– En tout cas, ce n'est certainement pas le cœur, dit une femme plus âgée d'un air entendu. Pas à son âge. Elle a son compte, non?

– Si c'est cela, elle ne perd pas grand-chose, dit Mrs Parvis, la cynique du service. Pas de mari, pas de famille, et un bébé débile...!

Les voix excitées s'élevaient et retombaient en

un chorus sinistre tandis qu'Inez essayait de remettre la fille inconsciente sur ses oreillers.

– L'infirmière-chef Minter est partie... Mais je ferai peut-être l'affaire?

C'était Billie Primmer qui arrivait en toute hâte auprès du lit.

– Partie? Déjà?

– Il est tout juste 8 heures, infirmière-major.

« Tout juste », c'est le moins qu'on puisse dire, pensait Inez avec irritation. Elle soupçonnait l'infirmière-chef Minter de surveiller la pendule, voire de resquiller tant et plus. Sans doute était-elle partie vers l'un de ses innombrables rendez-vous. Inez songea qu'elle aussi avait un rendez-vous ce soir-là. Elle et son mari, Patrick, étaient attendus à la réception que donnaient sir Jeremy et lady Palmer à 8 h 30...

– Bonsoir, infirmière-major! Que se passe-t-il?

La voix traînante à l'accent d'outre-Atlantique et la chevelure flamboyante du brillant jeune interne Sean O'Halloran, n'avaient jamais été aussi agréables à Inez. Car s'il était toujours en révolte contre les lois, les règlements et les autorités, il avait des nerfs d'acier et son cerveau fonctionnait rapidement.

– Je voudrais bien le savoir, riposta Inez sèchement. Une crise brutale, avec vomissements importants et difficultés respiratoires.

– C'est moche! jugea Sean O'Halloran en prenant le pouls de la jeune femme.

Billie Primmer enleva la courtepointe souillée.

Tout en la pliant, elle la flaira à plusieurs reprises.

– *Desherby!* dit-elle, stupéfaite. Sean... Mr O'Halloran, sentez cela! C'est du *Desherby*, non?

– Du *Desherby*? Qu'est-ce que c'est? demanda Sean O'Halloran, impatient.

L'infirmière-major et l'interne s'étaient tournés vers Billie dans l'attente d'un éclaircissement. Petite et fort jolie, on eût dit une poupée, avec sa silhouette menue, ses boucles d'un blond roux et luisant et ses grands yeux bleus. C'était la fille de vieux amis des Raine, les parents d'Inez. Née au Canada, elle avait été formée là-bas. Billie avait été très déprimée après la mort subite de son père adoré et la rupture de ses fiançailles. Et le remariage de sa mère n'avait rien fait pour lui redonner bon moral.

C'était sa mère qui avait pensé qu'un voyage en Angleterre et un stage dans l'hôpital où son père avait été formé autrefois seraient le tonique dont sa fille avait besoin. Et Billie avait saisi l'occasion. On l'avait mise dans le service maternité peu après qu'Inez eut repris le poste d'infirmière-major. Il y avait à peine un mois de cela, mais Inez avait déjà compris que les apparences pouvaient être trompeuses. Ces yeux bleus ingénus, ce sourire au charme enfantin cachaient une tête froide et lucide mais aussi un cœur dangereusement accessible aux émotions.

– *Desherby?* répéta Inez. Cela me dit quelque chose...

– C'est un herbicide. Papa... mon père ne jurait

que par cela : c'est un poison. Il prenait toutes sortes de précautions quand il s'en servait, expliqua Billie très vite. Je reconnais bien l'odeur...

– Du poison? interrompit Sean brusquement. Quel type de poison? Quel est l'antidote?

– Je n'en sais rien. C'est moins dangereux pour les humains que certains autres produits, mais j'ai lu le cas d'un enfant qui est mort pour en avoir avalé sous forme liquide. Mais... Comment Léna Hickory a-t-elle pu s'en procurer?

– Nous verrons cela plus tard! Il n'y a pas une minute à perdre. Il faut la mettre aux soins intensifs et lui faire un lavage d'estomac immédiatement, décida Sean. Mademoiselle, pouvez-vous déterminer de quel poison il s'agit?

Billie Primmer, après un instant d'hésitation, fronça ses sourcils délicats, mouvement caractéristique chez elle.

– Madame, dit-elle, votre mère doit le savoir. Elle a un grand jardin. Je pourrais peut-être l'appeler au téléphone?

– D'accord. Faites venir l'infirmière-chef Cranston. Elle doit être arrivée, dit Inez d'une voix tendue.

Billie Primmer lui avait été plus ou moins imposée du fait de ses relations familiales, tandis que Brenda Cranston était une protégée qu'Inez avait choisie pour une promotion rapide et bien méritée. En effet, dès son admission comme infirmière-assistante qualifiée, Brenda avait fait partie de l'équipe d'Inez, en service au bloc opératoire.

Les médecins, chirurgiens et infirmières-majors même les plus habiles et les plus dévoués ne pouvaient travailler isolément. Une solide équipe était indispensable, surtout dans les urgences. Inez n'avait pas beaucoup d'expérience en matière d'empoisonnements, mais elle sentait bien que les chances de survie de Léna Hickory ne dépassaient guère cinquante pour cent. Peut-être ces chances augmenteraient-elles si O'Halloran, Raine, Cranston et Primmer étaient capables de travailler ensemble comme une machine bien rodée ?

La machine fonctionnait déjà quand Billie revint en courant du téléphone, s'excusant d'avoir mis si longtemps. Molly Raine utilisait bien le produit en question, mais elle avait dû retrouver le paquet à moitié vide dans l'abri du jardin pour en détailler les composants. Après le lavage d'estomac le pouls restait faible, le souffle court et pénible et le sang perlait toujours des lèvres pâles quand Sean O'Halloran fit une injection de ce qu'il jugeait être l'antidote le plus efficace.

– Je ne parie pas sur le résultat, confessa-t-il avec une grimace juvénile. Cette mixture est nouvelle pour moi. Je ne suis pas jardinier.

– Moi non plus, mais il se trouve que papa s'en servait. Je l'aidais au jardin pendant les week-ends...

La voix de Billie s'étrangla quand la boule familière lui noua la gorge. Elle avala sa salive avec difficulté.

– Le produit est en poudre, poursuivit-elle, et il faut le diluer. Si Léna l'a pris sous forme de poudre, cela a dû lui brûler les lèvres et la gorge. Et dans ces conditions, a-t-elle pu en avaler beaucoup ?

– Bravo, infirmière! Vous avez de la jugeote, dit Sean avec un hochement de tête approbateur. (Puis, après avoir examiné rapidement la gorge de Léna Hickory :) C'est ce qui a provoqué le saignement.

Même dans une crise comme celle-ci, Sean gardait ses distances, pensait Billie avec tristesse. Incapable de se laisser aller à l'appeler Billie, elle était simplement infirmière! Même pas infirmière Primmer, non infirmière tout court! Qui, les voyant en ce moment, aurait pu croire qu'ils avaient été sauvagement amoureux l'un de l'autre, sans réserve? Sean semblait décidé à se conduire comme s'il n'avait jamais posé les yeux sur elle avant de la rencontrer à Saint-Chad. Il n'avait pas montré non plus le moindre plaisir ni paru flatté le moins du monde en voyant qu'elle avait traversé la moitié du globe pour le suivre.

Inez, avec la perspicacité de l'infirmière-née et malgré les soucis du moment, remarqua la mine abattue de Billie; presque tout de suite elle avait deviné la douleur qu'elle portait dans son cœur. Manifestement, Sean était l'homme de sa vie, ou plus exactement le plus important. Il y avait eu d'autres hommes, il y en aurait encore d'autres, c'était inévitable étant donné la beauté et le charme de la jeune fille. Peut-être Billie les encourageait-elle dans sa jeune vanité.

Bien loin d'elle pourtant cette intention,

comme Billie l'avait assuré à Sean. Simplement, elle n'avait pas pu résister à un mouvement de compassion envers ce jeune médecin malheureux en ménage qui recherchait sa présence avec tant d'insistance. Mais Sean, l'étudiant le plus travailleur et le plus ambitieux que ce grand hôpital canadien ait jamais abrité, avait bien peu de loisirs à consacrer à son amie de cœur; Billie s'était alors rebellée contre le rôle secondaire qu'il lui assignait. Etait-ce tellement nécessaire qu'il travaille autant? Peu à peu, se sentant négligée, les attentions de l'autre médecin l'avaient flattée.

Dès son enfance, Billie avait toujours été aussi brillante que jolie. Son père, lui-même médecin, était fier d'elle; sans doute même se montrait-il indulgent. Quoi qu'il en soit, elle avait réussi facilement tous ses examens, et découvert très tôt sa voie. Ayant obtenu son diplôme d'infirmière, elle attendait que Sean partage la fierté de son père à son endroit. Mais non. Sean persistait à la considérer comme une « cervelle d'oiseau », incapable de rien prendre au sérieux.

– C'est trop injuste! s'était lamentée Billie. Est-ce ma faute si j'aime la vie et si j'aime rire? Pourquoi me traînerais-je à travers les salles avec une tête longue comme un jour sans pain? Les malades aiment voir leurs infirmières sourire et plaisanter avec eux. Beaucoup d'entre eux disent que je vaux bien un fortifiant.

– Pour ce qui est des hommes, je n'en doute pas, avait rectifié Sean. Je veux bien admettre que ce n'est pas votre faute si vous attirez les regards, mais rien ne vous oblige à vous jeter délibérément dans les bras de tous les hommes qui passent à votre portée.

– Ce n'est pas vrai! Comme si je le faisais exprès... Oh! Vous êtes bourré de préjugés et vous êtes sottement jaloux en plus!

Elle avait ardemment souhaité qu'il devînt plus raisonnable pendant le temps qu'il avait passé à Saint-Chad, loin d'elle. Elle ne pouvait croire que l'amour autrefois partagé ait été soufflé comme la flamme d'une chandelle. Billie croyait fermement aux *happy ends* et elle ne doutait pas que Sean lui ouvrirait tout grand les bras dès qu'il la reverrait.

Cela n'avait pas été le cas. Sean ne l'avait invitée qu'une fois depuis plusieurs semaines qu'elle était à Saint-Chad. Encore avaient-ils fini par se quereller, comme autrefois.

A présent, Léna gémissait. Ses paupières veinées de bleu battaient. Elle n'était pas jolie, mais Billie décelait comme un timide appel dans ce visage menu aux yeux noisette ponctués de vert et encadré de cheveux couleur pain d'épice. Un appel qui avait évidemment attiré un homme indélicat. Notre époque avait beau se prétendre permissive, cela n'empêchait pas les mères célibataires, sans famille pour les soutenir, d'avoir encore la vie dure.

D'ordinaire, les mères quittaient la maternité au bout d'une semaine. Or Léna Hickory s'y trouvait encore trois semaines après son admission. Son état avait donné bien des inquiétudes. Elle était arrivée avec une septicémie, et l'on avait dû pratiquer une césarienne. On avait ensuite constaté une forte anémie. Elle aurait pu sortir, en effet, depuis huit jours, mais elle n'avait malheureusement pas de foyer qui pût l'accueillir. La logeuse dont Léna occupait le salon ne voulait pas de bébés chez elle.

L'aumônier de Saint-Chad était chaudement intervenu pour faire admettre la jeune femme dans une maison de convalescence, mais sans succès jusqu'à ce jour. Situation terrible : ni mari, ni famille, ni argent, pensait Billie dans un élan de sympathie vers la jeune mère. En revanche, pour les autres infirmières, Léna n'était qu'une névrosée et une ingrate. Comme Inez Raine, Billie comprenait l'attitude amère et méfiante de Léna. Elle s'était efforcée de gagner sa confiance.

Les yeux noisette s'ouvraient. Comme éblouie, Léna regarda le petit groupe autour de son lit. Elle reconnut Billie et ébaucha un geste vers elle.

– Ciel! Que je me sens lamentable! J'étouffais...

– Ça va aller maintenant, dit Sean. (Il ajouta sur un ton peu affable à l'adresse de Billie :) Merci pour votre diagnostic, infirmière. Faites tout de même faire une analyse au laboratoire.

– L'analyse est commencée, dit Inez. C'est le processus automatique ici dans les cas de nausées graves. Nous aurons les résultats incessamment.

– Trop tard, évidemment, riposta Sean, en rivant un regard d'acier sur la patiente. Au nom du ciel, jeune fille, pourquoi avoir avalé cette drogue?

– Quelle drogue? dit Léna, stupéfaite.

– Il faut que vous soyez devenue folle. Vous auriez pu trouver une méthode moins douloureuse pour vous tuer.

Le ton de Sean était aussi accusateur et froid que son regard. Billie le connaissait suffisamment pour percevoir la fureur qui habitait le jeune médecin, une fureur que suscite toujours la perte d'une vie. S'y était ajoutée la peur de ne pouvoir sauver cette malade, peut-être. L'échec, sous quelque forme que ce soit, était insupportable à Sean O'Halloran.

– Comment vous êtes-vous procuré ce poison? Celui qui l'a fait entrer dans ce service devrait être sévèrement puni, poursuivait Sean. Parlez, mademoiselle!

– Je ne vous comprends pas... Me tuer? Je n'ai pas voulu me tuer, gronda Léna sur un ton défiant et douloureux à fois. Je ne peux pas mourir en abandonnant Peter. Oh!

Les larmes montèrent à ses yeux quand elle saisit pleinement la signification des questions du jeune interne.

– Du poison? On a voulu m'empoisonner? Oh, non! Il ne ferait pas cela...

– Du calme, ma chère! intervint Inez. Vous allez vous remettre. Détendez-vous. Merci, docteur O'Halloran! Je crois que nous allons nous en sortir à présent. Allez m'attendre dans mon bureau, je vous prie. Infirmière, préparez le thé.

2

– Et me voilà proprement remis à ma place. « Allez m'attendre dans mon bureau, l'infirmière va vous préparer du thé. » Ah, ces infirmières-majors, rien de plus que des bureaucrates, grommela Sean O'Halloran.

Comme il a l'air jeune avec son air de collégien boudeur, pensait Billie avec un mélange d'affection et d'exaspération. Il possédait de précieuses qualités, mais quel dommage qu'il fût si peu réceptif à tout ce qui relevait de la sensibilité féminine. Dommage aussi que ce caractère farouchement fier et indépendant s'offensât si promptement.

– L'infirmière-major Raine n'est pas une bureaucrate. Elle fait toujours passer ses malades en premier, c'est tout, répliqua Billie. Alors que vous, vous étiez en train de provoquer une crise d'hystérie chez cette pauvre fille.

– Quoi? Qu'est-ce que vous racontez?

Sean ralentit et fixa Billie de son regard étincelant.

– Mr O'Halloran, si votre intention est de vous

spécialiser en gynécologie, vous feriez bien de bûcher en même temps vos manuels de psychologie, dit Billie d'une voix perfidement douce. Vous accusiez tout simplement cette fille d'avoir voulu se suicider, ni plus ni moins.

– Et alors? Il fallait bien aller au fond des choses, non? Inutile d'ignorer les faits. Elle s'est ratée une fois, mais elle pourrait recommencer, dit-il d'un ton acerbe.

– Oh, est-il besoin de crier si fort! explosa Billie. Suicide? Allons donc! Cette fille est fermement décidée à vivre pour son bébé. C'est tout ce qu'elle a au monde, et elle est prête à se battre contre l'univers entier pour lui.

– Ah? Et comment l'aurais-je su?

– Et en plus, sans réfléchir un seul instant, vous lui avez mis dans la tête que quelqu'un avait essayé de l'empoisonner. Pensée charmante pour une rescapée...

– Voyons, Billie, elle n'a pas pris cette drogue par hasard! De l'herbicide! Que vient faire un herbicide dans un hôpital? hurla Sean exaspéré.

Elle était redevenue Billie maintenant que la colère de Sean s'était détournée d'elle, nota la jeune fille avec regret.

– C'est un mystère, en effet, dit-elle calmement.

– Un mystère? C'est incroyable! Ce genre de chose ne devrait pas se produire.

– C'est pourtant arrivé.

Il ne trouva rien à répondre. Le front plissé, il la suivit dans le bureau de l'infirmière-major et la regarda d'un œil critique tandis qu'elle remplissait la bouilloire et la branchait. Aucun signe extérieur n'indiquait que le cœur de Billie battait la chamade. Calme et adroite, elle sortit la théière et les tasses en fine porcelaine ivoire, propriété personnelle d'Inez. L'infirmière-major lui avait-elle ordonné de préparer le thé pour lui ménager un tête-à-tête de quelques minutes avec Sean? se demandait Billie. Car elle aurait pu tout aussi bien choisir l'infirmière Cranston.

– Du thé! grogna Sean après un silence prolongé. J'en ai assez de cette lavasse insipide! Pourquoi pas un bon café bien noir?

– Ce serait possible, mais les ordres de l'infirmière-major... (Billie haussa les épaules.) En fait, son thé est excellent. Vous allez être surpris.

– Ah oui? C'est l'épouse du « grand homme », hein? Il n'y a que le meilleur qui vaille pour les Elbure!

– Tiens, tiens! (Billie examina le visage de Sean d'un air pensif.) Aurait-on croisé le fer avec notre Mr Elbure? Que se passe-t-il?

– Si cela vous intéresse, mademoiselle, sachez que je n'aime pas être traité en esclave. Le camarade peut travailler seize heures par jour s'il est assez fou pour cela, et suffisamment sûr de lui pour s'imposer un rythme pareil; est-ce une raison pour que nous, simples mortels, soyons obligés de suivre son exemple?

– Mon Dieu! N'en finirez-vous donc jamais avec cette agitation d'étudiants, ces grèves d'avertissement et ces défilés de protestation? riposta Billie avec franchise mais sans tact. Vous êtes en train de vous faire une triste renommée parmi les gros bonnets!

– Une bande de conservateurs! tonna Sean qui eut aussitôt l'air gêné. J'ai toujours voulu défendre mes droits, c'est vrai, mais...

– Savez-vous que les plus modérés d'entre eux vous surnomment « l'agitateur rouquin »? Vous êtes un idiot de vous mettre du mauvais côté face à Patrick Elbure. Il vous est plutôt favorable; je l'ai entendu dire à l'infirmière-major que vous aviez la main sûre et les nerfs solides.

– C'est vrai? Vous l'avez entendu dire cela?

La mauvaise humeur disparut comme par enchantement de son fin visage, et il rougit d'un plaisir évident. Le « grand homme », comme il l'appelait, mi-moqueur, mi-admiratif, était connu pour être avare de louanges et féroce dans ses critiques. Recevoir un satisfecit de cet homme équivalait à une chaude accolade.

« Oh, mon amour, que vous êtes donc fragile et bêta! pensait Billie qui se sentit subitement plus vieille et plus sage. Seul votre travail compte pour vous. Mettrez-vous votre carrière en péril pour obéir à je ne sais quelle solidarité? Au fond, vous vous fichez pas mal des heures que vous donnez. Alors, pourquoi faire campagne pour moins d'heures de travail et un salaire plus élevé? Pourquoi vous faire le porte-parole de gens qui n'ont pas le courage de parler pour eux-mêmes? »

Elle le dévisageait avec amour, fierté et désespoir. Pourquoi s'était-elle éprise d'un idéaliste à ce point entêté et résolu? Sean était manifestement de l'espèce des martyrs et des rebelles. Il se sentait concerné non seulement par les autres médecins et chirurgiens de la jeune génération, mais aussi par l'hôpital. Il pensait sincèrement que le surmenage pouvait conduire à des erreurs désastreuses et à une baisse générale du niveau de l'établissement. Comme Billie, il avait fait ses études à Montréal. Il ne faisait pas partie de « ceux de Saint-Chad », comme on désignait ceux qui avaient fait leurs études dans le vieil hôpital. Cependant Sean était soucieux de la bonne réputation de Saint-Chad, tout autant que si, à l'instar du bon Dr Richard Raine que tous aimaient, toute sa vie professionnelle en dépendait.

Toutefois, les esprits critiques étaient loin de créditer Sean du même désintéressement. Pour la plupart de ceux de Saint-Chad, il était d'abord « l'Irlandais raseur et soupe au lait », ambitieux et cherchant toujours à se mettre en avant. Or, si le père de Sean était bien irlandais de naissance, il avait émigré au Canada dans sa jeunesse et avait épousé une Anglaise. Sean n'était jamais allé en Irlande et ne s'intéressait nullement à la politique.

– L'eau bout, dit-il distraitement.

Puis, tandis qu'elle se détournait pour préparer le thé, il ajouta comme malgré lui :

– Vous êtes une sacrée gamine, mademoiselle Primmer!

– Puisque vous le dites, monsieur...

Le cœur de Billie bondissait, mais sa voix demeurait calme. Sean eut un soupir bref et impatient. Elle devina qu'il avait envie de la serrer contre lui, comme il le faisait avec tant de passion un an plus tôt. Mais il résistait. Il refusait cette intimité. Jaloux et possessif, il n'avait pas confiance en elle. Cela lui était impossible; c'était comme une malédiction.

Le silence tomba entre eux pendant que Billie remuait le sucre dans sa tasse avec une énergie bien inutile. Elle aspirait à parler à cœur ouvert, à demander à Sean de lui donner une autre chance pour lui prouver qu'il était son seul et unique amour. Mais elle aussi avait sa fierté. Elle n'allait tout de même pas l'implorer à genoux.

– Billie, commença-t-il d'une voix étouffée en faisant quelques pas vers elle, comme si une force invisible le poussait. Billie, vous êtes une ensorceleuse...

Sa main était déjà sur son épaule et Billie tremblait de tout son être, dans l'attente de quelque chose. Et subitement, tel un signal d'alarme, le téléphone se mit à sonner. Pourquoi maintenant? Pourquoi à ce moment crucial? Sean pesta tout bas et Billie eut un petit cri douloureux, mais il ne vint à l'esprit d'aucun d'eux d'ignorer l'appel.

Billie décrocha et cria presque :

– Maternité, bureau de l'infirmière-major.

– Qui est à l'appareil? Où est Mrs Elbure? Est-elle déjà partie?

– Partie? Non, elle est dans la salle, répondit Billie. Désolée, mais je crois qu'elle est occupée.

– Je m'en moque. Il faut que je parle à ma

femme. Veuillez aller la chercher immédiatement, je vous prie.

– Qui? Quoi?

L'esprit encore occupé de Sean, Billie n'avait pas reconnu tout de suite cette voix autoritaire.

– Oh, c'est Pat... Monsieur Elbure, n'est-ce pas?

– Qui d'autre? Où est ma femme? Allez la chercher!

– Nous avons eu une urgence, mais tout est en ordre à présent. C'est Billie Primmer. Ne quittez pas, je vais voir si l'infirmière-major peut venir au téléphone.

Elle se sentait dans une position délicate vis-à-vis de Patrick et d'Inez Elbure. Le mépris total de sa mère pour les usages en était la cause. Billie et sa mère n'avaient jamais été très intimes, mais Billie soupçonnait que sa mère, heureuse dans son second mariage, éprouvait tout de même quelque remords à l'égard de sa fille. Jane Primmer était visiblement soulagée de voir sa séduisante fille passer de l'autre côté de l'Atlantique, mais un reste de sollicitude maternelle l'avait incitée à faire en sorte que la nouvelle vie de Billie débutât bien. En conséquence, et sans même consulter sa fille, Jane avait prié son amie d'autrefois, Molly Raine, de trouver un logement convenable pour Billie.

Comme d'habitude, Jane avait lancé son appel au dernier moment. Molly, dans l'impossibilité de trouver un gîte convenable à un prix raisonnable, avait persuadé Inez de loger la jeune fille dans sa chambre d'amis. Ne voulant créer d'embarras ni à sa mère ni à Molly Raine, Billie n'avait eu d'autre alternative que d'accepter. Elle n'était pas timide, mais elle se sentait malgré tout comme une intruse dans les trop rares heures de loisir et d'intimité de Patrick et d'Inez.

Certes, ils se montraient amicaux : Patrick, à sa manière un peu abrupte, parce qu'il était dans une certaine mesure l'obligé de son père; Inez parce que leurs mères étaient restées très liées. Mais ni l'un ni l'autre ne souhaitait d'hôte permanent. D'ailleurs, Billie aspirait secrètement à avoir un logement personnel, où elle pourrait recevoir librement ses amis. Quelle jeune infirmière aurait voulu vivre en permanence chez ces deux augustes personnalités qu'étaient le chirurgien le plus célèbre de Saint-Chad et l'infirmière-major Raine, fille unique du Dr Richard Raine? La situation était gênante pour tous trois.

Cependant, la saison estivale approchant, les logements faisaient prime à Saxham. Même dans les villages environnants comme West Wheystone, par exemple, où les générations de Raine s'étaient succédé, les chambres libres portaient la pancarte « Lit et petit déjeuner ». Le tourisme était l'une des industries principales du Sud Devon. Les résidents guettaient un printemps précoce et un été chaud à la suite de l'automne venteux et toujours humide. Billie cherchait sans relâche, mais sa confiance diminuait.

En attendant, à cause de sa présence, Patrick et Inez devaient se sentir souvent gênés dans leurs élans. Ils ne pouvaient même pas se laisser aller à vider leurs querelles quand leurs idées particulièrement tranchées se heurtaient. En outre, Patrick faisait partie de ces maris autoritaires et possessifs, comme Sean sans doute le serait, se disait Billie avec un pincement au cœur. Inez, de son côté, était aussi fière et indépendante que son mari, et presque aussi absorbée par son travail.

– Nous ne la ramènerons pas dans la salle ce soir, disait Inez à l'infirmière-chef quand Billie entra dans la chambre donnée provisoirement à Léna. Sa gorge est beaucoup trop atteinte pour qu'elle puisse répondre aux questions qui ne manqueront pas de s'abattre sur elle. Qu'elle se repose tranquillement ici cette nuit. Je vais demander à Mr O'Halloran de lui administrer un sédatif quand elle sera moins déshydratée.

Léna, en semi-léthargie, des larmes roulant toujours sur ses joues maigres et pâles, sirotait un jus de fruits glucosé.

– Infirmière-major, on vous demande au téléphone, dit Billie d'un ton tendu.

L'infirmière-major Raine lui lança un regard impatient.

– Vous ne pouviez pas prendre le message, mademoiselle?

– Difficilement... C'est Pat... Mr Elbure, votre mari...

– Bon sang! s'écria Inez. La réception des Palmer! J'avais totalement oublié. Dites-lui de partir sans m'attendre, je le rejoindrai dès que je le pourrai.

– Je... Franchement, je crois que vous feriez mieux de lui parler vous-même. Il semble très énervé...

Le léger accent canadien de Billie s'amplifiait dès qu'elle était sous pression ou gênée.

– Il m'a dit d'aller vous chercher... immédiatement.

– Comme cela?

Les sourcils noirs d'Inez se froncèrent, ses lèvres joliment dessinées firent la moue.

– C'était le ton « Seigneur et Maître »?

– J'en ai eu l'impression, acquiesça Billie avec un hochement de tête.

– Infirmière-chef, continuez seule.

Inez fit signe à Billie de l'accompagner. Elle reprit, après avoir refermé la porte de la chambre :

– Quelle histoire! Il faut trouver comment cette malheureuse a pu avaler ce poison.

– Oui. Evidemment. Sinon, elle pourrait recommencer. Mr O'Halloran pense qu'il s'agit d'une tentative de suicide, mais je suis certaine qu'il se trompe. Le seul souci de Léna, c'est son bébé; elle est prête à se battre contre le monde entier pour lui.

– C'est aussi mon avis. Pourtant, elle n'a pas pu avaler cet herbicide par hasard. Il serait inconcevable qu'il y en ait dans nos cuisines. Et même s'il y en avait, elle n'aurait pas été la seule à en ingurgiter.

– C'est bien ce que je me suis dit aussi.

– Il faut absolument trouver de quoi il s'agit, décida Inez. Ah! au diable les Palmer!

– C'est la réception qu'ils donnent pour les fiançailles de leur fille? Vous en parliez avec Pat... Mr Elbure, hier soir...

– C'est bien cela. Sir Jeremy est un ami. Il a une haute idée de Patrick. C'est grâce à lui que Patrick a pu se procurer notre maison, expliqua rapidement Inez. En plus, le futur époux est l'un des plus vieux amis de mon mari. Alors, je crois qu'il me faut y aller...

– Ne vous inquiétez pas, infirmière-major. Je vais fureter un peu par ici; je crois que les autres mères me parleront plus librement qu'à vous. Nous surveillerons Léna de près; il se trouve que c'est Sean... Mr O'Halloran qui assure la permanence ce soir.

– Billie, je sais que ce n'est pas facile quand une infirmière et un médecin entretiennent des relations intimes; des complications surgissent inévitablement. Efforcez-vous de garder vos distances pendant le service, sinon il y aura des bavardages.

– Je vous le promets. Sachez toutefois que nous ne sommes pas intimes. Je le souhaiterais ardemment, ajouta-t-elle avec élan, mais on dirait qu'il refuse de me faire confiance!

– « Ne t'attache qu'à moi... », cita Inez. Les hommes qui insistent sur la lettre autant que sur l'esprit de cette prière mettent la femme aimée à rude épreuve. Réfléchissez-y à deux fois avant de vous engager dans une union de ce genre, passionnée certes, mais difficile à vivre.

– Vous-même n'avez pas hésité, risqua Billie.

– Oh si, j'ai hésité! affirma Inez en souriant à

ce souvenir. Mais j'ai fini par découvrir que j'étais la femme d'un seul amour, de sorte que je n'ai pas eu à choisir vraiment. Demandez-vous si vous faites partie de cette catégorie, ou si un autre homme vous satisferait tout autant. Pensez-y sérieusement, ma chère, avant de vous engager.

3

Conversation banale entre l'infirmière-major et une subordonnée dans les couloirs d'un hôpital, se disait Inez en observant avec compassion le visage tourmenté de Billie. Mais c'était plus que cela. Elle avait de l'affection pour la nièce par adoption de sa mère et s'inquiétait de son avenir. La ressemblance entre Sean O'Halloran, en dépit de sa jeunesse et de son esprit effronté et frondeur, et Patrick Elbure avait déjà frappé Inez. Peut-être pouvait-on retrouver ces mêmes traits chez tous les êtres qui se donnaient sans réserve à leur tâche...

Un homme passionné par sa profession marchait droit vers son but. Il fallait être solide pour répondre aux exigences d'un tel homme sans perdre sa propre indépendance ni son identité. Billie Primmer était-elle assez forte et résolue? Avait-elle la force intérieure nécessaire, elle, si tendre et si facile à émouvoir?

Inez n'oubliait pas cependant que les apparences étaient parfois trompeuses. Dans son service, Billie était gentille, consciencieuse et sûre. Elle gardait son sang-froid face aux cas graves. C'était surtout sur le plan émotif qu'elle apparaissait dangereusement vulnérable. Son cœur était trop enclin à la pitié.

Tandis que quelqu'un semblait rugir et tonner à l'autre bout du fil, Sean O'Halloran buvait son thé en regardant l'appareil d'un air narquois. Inez fut vexée de se sentir rougir en prenant l'écouteur.

– Oui? Infirmière-major Raine, énonça-t-elle d'une voix crispée.

– Ah oui! Infirmière-major Raine! Je voudrais parler à Mrs Patrick Elbure, riposta son mari. J'ai de bonnes raisons de croire qu'une telle personne existe.

– Oui, bien sûr. Terriblement désolée...

En d'autres circonstances, elle aurait ajouté chéri, ou bien le diminutif qu'elle donnait à Patrick dans l'intimité, mais pour une fois, elle était intimidée. La sympathie évidente de Billie et le sourire moqueur de Sean étaient aussi agaçants l'un que l'autre.

– J'ai été retenue par un cas étrange, sans précédent à vrai dire, probablement un empoisonnement.

– Extraordinairement intéressant!

Patrick en était arrivé au degré le plus glacial, comme toujours lorsqu'il était offensé.

– Et tu n'as pas le courage de t'éloigner de ton cas unique, au risque de vexer Cecil Larcher et les Palmer?

– Je n'ai rien dit de tel. Sois raisonnable, je t'en

prie. C'était peut-être une question de vie ou de mort...

Inez luttait pour garder son calme, mais sa colère montait malgré elle.

– Vas-y, toi. Je te rejoindrai dès que je pourrai.

– Quand? A la saint-glinglin? Non, merci! Je ne vais pas me rendre à cette réception pour annoncer que ma femme ne se soucie pas de m'accompagner!

– Tu pourrais expliquer pourquoi je suis en retard!

– Penses-tu qu'ils me croiront? Joanna Palmer va prendre cela comme un affront délibéré. Elle sait très bien que tu ne la portes pas dans ton cœur.

– Elle doit savoir aussi que toi-même n'approuves pas ces fiançailles. Qui a contribué à briser sa liaison secrète avec Cecil autrefois? Pas moi. Je n'étais même pas encore à Saint-Chad à l'époque.

– C'était du vivant de l'épouse de Cecil, dit Patrick sur un ton sévère. Je doute d'ailleurs que sir Jeremy soit sincèrement favorable à cette union, même si Cecil a laissé passer dix-huit mois après la mort de sa femme. En tout cas, je ne crois pas que ce soit Cecil qui a fait le premier pas. Il a l'air en peine et fatigué.

– Ce n'est pas le moment d'en discuter. Je rentre à la maison aussi vite que possible.

Elle détestait terminer une discussion avec Patrick de cette manière, mais elle était trop consciente de la présence de la jeune infirmière et du médecin. Elle espérait, en tout cas, que Billie comprendrait qu'elle pourrait avoir à affronter des situations similaires si elle épousait Sean. La différence était toutefois que Billie abandonnerait sa profession une fois mariée. Inez, elle, ne le pouvait pas. C'était toute sa vie. Elle n'avait jamais eu d'autre vocation ni d'autre ambition depuis son enfance. L'hérédité était puissante en elle. Elle regrettait parfois de n'avoir pas fait sa médecine jusqu'au bout au lieu de s'arrêter en chemin. Elle serait devenue l'associée de son père, et peut-être alors Patrick aurait-il considéré sa carrière avec plus de sérieux et moins de ressentiment.

– Partez maintenant, nous veillerons à tout, dit Billie tandis qu'Inez reposait l'écouteur.

C'était son invitée, la protégée de ses parents, qui parlait à Inez, et non l'une de ses infirmières. Seule avec Billie, elle aurait répondu avec naturel et remercié aimablement; mais la présence de Sean la figeait et la mettait mal à l'aise, au point qu'elle prit presque en mauvaise part la familiarité de Billie.

Elle eut un bref hochement de tête en disant :

– C'est vous qui êtes de permanence, je crois, Mr O'Halloran? La patiente est dans un état de tension extrême, presque névrotique. Peut-être faudrait-il lui administrer un sédatif...

– Si c'est nécessaire, dit Sean tranquillement. Je suggère de la mettre sous surveillance étroite toute la nuit, pour prévenir toute nouvelle tentative de suicide. Et que l'on fasse des recherches sérieuses pour voir s'il y a encore de cet herbicide ici... s'il y en a jamais eu!

– Elle n'a pas voulu se tuer, imbécile! éclata Billie avec impétuosité. Elle est terrifiée à l'idée de mourir en abandonnant son bébé.

– Infirmière! gronda Inez bien qu'elle approuvât au fond le verdict de Billie. Il est bien sûr indispensable de trouver la source du poison.

– On devrait demander au laboratoire de rechercher des traces d'arsenic, recommanda Sean.

– D'accord. Occupez-vous de cela, infirmière.

Inez avait souvent l'impression d'être coupée en deux. C'était un déchirement, particulièrement douloureux ce soir-là. Son instinct lui disait de rester, de s'assurer que sa patiente était en voie de guérison et d'ouvrir une enquête rigoureuse sur ce cas mystérieux. C'était à contrecœur qu'elle passait la main à d'autres, plus jeunes et moins expérimentés. La maternité était son domaine, elle était responsable de son bon fonctionnement.

Mais pouvait-elle ignorer la colère de son mari? Elle aimait Patrick d'un amour dont elle ne se serait pas crue capable. C'était le seul homme qui compterait jamais dans sa vie. Pouvait-elle le décevoir? Il était si sensible et vulnérable sous ses apparences froides et abruptes. Elle était sans doute la seule à l'avoir compris. Les relations humaines étaient un monde inconnu pour Patrick avant qu'il ne rencontre Inez. Excepté une tentative frustrante, voire désastreuse, avec Evelyn Shelley qu'il connaissait depuis toujours, Patrick n'avait jamais aimé personne, sauf sa mère qu'il avait perdue dans des circonstances tragiques, quand il était encore enfant. Durant son enfance et jusqu'à l'époque de son stage d'infirmière à Saint-Chad, Evelyn s'était imaginé être follement amoureuse du héros qu'elle s'était choisi. C'est à cause de lui qu'elle était entrée à Saint-Chad. Malgré cela, elle n'avait eu cure de rester aux côtés de Patrick après l'accident qui avait failli briser sa carrière. Elle avait préféré se tourner vers son jeune frère, Val, plus facile à vivre.

« Pat était trop exigeant. Je n'aurais jamais été capable de me hausser à son niveau. C'est un être difficile à aimer, avait-elle confié à Inez quand les deux belles-sœurs furent devenues des amies. L'amour de Val est beaucoup plus tendre, plus compréhensif. J'avais toujours un peu peur de Pat. Nous n'aurions jamais pu partager le parfait amour qui efface toute crainte. Je le décevais sans cesse. »

Oui, l'amour passionné de Patrick impliquait un engagement sans réserve qui pouvait être un fardeau, mais qui apportait aussi intensité et exaltation. Reconnaissant d'instinct les choses rares, Inez n'avait pas tardé à découvrir que cet amour-là valait la peine d'être vécu. Il y avait pourtant des moments, comme celui-ci par exemple, où elle eût souhaité un mari moins entier et moins impérieux.

– Nous serons chez nous vers 10 heures. S'il y avait du changement ou quelque fait nouveau, n'hésitez pas à m'appeler, dit Inez en prenant son manteau sans hâte. Je vais la voir encore une fois avant de partir...

– Allons, infirmière-major, vous n'êtes pas indispensable, interrompit Sean O'Halloran avec un petit ricanement qu'une infirmière-major plus âgée aurait jugé insolent. Vous avez des subordonnées compétentes sur qui vous pouvez vous reposer.

– Oui, bien sûr...

Même si elle en avait eu le temps, elle n'aurait pas discuté des problèmes spécifiques au service maternité avec un jeune interne. Ces problèmes occupaient son esprit tandis qu'elle s'élançait dans les couloirs et descendait l'escalier. Le service de maternité était constamment en mouvement. Sous la direction de l'infirmière-major Airdrie, le personnel s'était renouvelé rapidement. Puis, lorsque Inez avait repris le service, il y avait eu d'autres changements. Les anciennes, voyant d'un mauvais œil les exigences plus sévères et les méthodes modernes introduites par Inez, avaient demandé leur transfert. De même que les éléments négligents et inefficaces pour lesquels elle n'avait montré aucune pitié.

Elle-même était novice en ce qui concernait le travail en maternité. Elle n'avait plus pratiqué dans un service de ce genre depuis l'époque de sa formation. En revanche, elle aimait le travail au bloc opératoire; elle y avait d'ailleurs révélé de remarquables aptitudes. Elle avait eu la chance d'y être infirmière-assistante dans l'équipe de Patrick. Elle n'avait pas oublié son enthousiasme à le regarder travailler. On l'eût dit inspiré tant sa rapidité et sa dextérité étaient sans faille. Comme elle avait été fière le jour où il lui avait avoué qu'il puisait en elle des forces nouvelles parce qu'il la savait prompte à interpréter le moindre de ses gestes et à y répondre.

Jours heureux, années heureuses, pensait Inez avec regret en passant devant la belle annexe neuve. Reliée au bâtiment d'origine par une passerelle couverte, elle abritait les services des accidentés et des maladies non contagieuses, une unité de soins intensifs, deux salles de chirurgie et deux blocs opératoires ultra-modernes. C'était là qu'opérait Patrick, le chirurgien en chef. La maternité étant dans le vieil hôpital, Inez voyait rarement son mari pendant les heures de service. Elle avait d'abord été furieuse d'être nommée à ce poste. Cela lui apparaissait comme une décision arbitraire et injustifiée de la part de l'infirmière-surveillante récemment engagée, Miss Hermione Kirtonbury. Une bureaucrate têtue, une organisatrice-née, décidée à tout bouleverser et à introduire des changements pour l'amour du changement. C'était du moins ainsi que la jugeaient Inez et Patrick, de même que la plupart de « ceux de Saint-Chad ». Une semaine après son arrivée, on l'avait déjà surnommée « la verrue ».

Hermione se montrait souvent dénuée de tact, sèche et sans humour, mais elle avait des qualités indéniables. Elle avait rapidement pris conscience de la situation navrante qui régnait en maternité et avait aussitôt mis l'impopulaire infirmière-major Airdrie en congé de maladie. Celle qui lui succéderait devait être jeune, énergique et compétente, avait dit Hermione Kirtonbury à Inez. La maternité ne comblait peut-être pas les désirs d'Inez Raine, mais elle y vit un défi à relever.

Un défi, certes c'en était un. L'infirmière-surveillante avait raison en cela. Inez se souvint tout à coup qu'il ne fallait plus dire infirmière-surveillante, mais *officier principal de Santé*. Un titre ridicule aux yeux de la plupart des infirmières qui continuaient à en référer à Hermione en tant qu'infirmière-surveillante. *Officier principal de Santé*, voilà qui faisait penser à l'armée plutôt qu'au vieil hôpital traditionnel qu'était Saint-Chad. Les changements ne s'étaient pas limités à cela. Il y en avait d'autres, plus sérieux, par exemple à propos du personnel non médical. Les grèves du zèle et les arrêts de travail étaient devenus fréquents. Inez ne savait pas ce qui provoquait ces mouvements, c'était sans intérêt pour elle, mais elle craignait que les malades en pâtissent.

Le manoir Elbure, l'ancienne maison du domaine Wellborough, autrefois florissant, était imposant. Secrètement, depuis le jour où Patrick lui avait avoué son envie de l'acquérir, Inez avait avec la demeure une relation ambiguë faite de haine et d'amour. En effet, la restaurer ou simplement la rendre habitable était une entreprise trop lourde et coûteuse pour un couple de jeunes mariés. Elle aurait de beaucoup préféré une maison moderne et fonctionnelle, facile à entretenir et située dans un endroit plaisant. Une maison surtout qui ne nécessite pas de réparations onéreuses.

« Seul le meilleur est assez bon pour toi, mon amour, avait assuré Patrick. C'est une demeure dont nous pourrons être fiers, la seule qui soit digne de toi ».

« Oui, mais à quel prix... », s'était dit aussitôt Inez. Elle n'avait pas eu le cœur de gâcher l'enthousiasme de son mari.

Pour Patrick, c'était une façon inconsciente d'exprimer sa nostalgie du foyer qu'il avait quitté en Cornouailles. Quand il avait annoncé à son père sa décision de devenir chirurgien, le maître du domaine lui avait déclaré sans ambages :

– Tes études vont absorber la plus grande partie de mes liquidités. Dans ces conditions, si tu bénéficies de l'argent, c'est à Val que reviendra le domaine. Ce ne sera que justice.

Patrick était d'accord. De toute manière, il ne pouvait poursuivre la carrière choisie tout en exploitant un domaine rural. Val fut donc le bienvenu à « La Cascade ». D'ailleurs, s'intéressant vivement à la sylviculture, il avait toute chance de rentabiliser le domaine. Campagnard dans le sang, il fut ravi de s'installer dans ce village de Cornouailles.

Patrick avait donc renoncé à ses droits sans regret apparent, mais peut-être en avait-il de la peine dans son for intérieur. Ce vieux manoir n'était-il pas une sorte de substitut à la maison perdue? N'avait-il jamais regretté le prix qu'il avait dû payer? Il avait souscrit une lourde hypothèque, et les réparations du gros-œuvre avaient coûté bien plus qu'il n'avait prévu. Inez s'était occupée de la décoration intérieure, mais l'unique fait de meubler quelques pièces seulement avait coûté une fortune. Pas de meubles de série, pas d'imitation bois pour le manoir Elbure. C'eût été un contresens dans ces grandes pièces hautes de plafond. Elle avait parfois trouvé des meubles en chêne ou en acajou dans des ventes aux enchères ou chez des brocanteurs, mais que de temps et d'énergie elle avait dépensé !

L'entreprise valait-elle tant de peine ? Inez n'arrivait pas à en décider. Avec son salaire et celui de Patrick, ils auraient pu vivre à l'aise; s'ils avaient pensé que le temps était venu d'avoir des enfants, ce n'était pas des raisons financières qui auraient dû les en détourner. Or ils étaient engagés dans des emprunts dont les intérêts avaient dramatiquement augmenté, tout comme avaient augmenté les traites sur leur maison et leurs autres dépenses. Ils avaient chacun leur voiture, c'était indispensable.

Ils possédaient des choses que les confrères de Patrick lui enviaient volontiers, mais ils n'avaient pas d'argent liquide. Et les amies et camarades d'Inez la plaignaient sincèrement d'avoir à se colleter avec ce manoir édifié à une époque où la domesticité ne coûtait pas cher.

Evelyn disait avec sympathie :

– Il y aurait de quoi occuper une femme toute la journée dans cette maison. Au fait, pourquoi travailles-tu à plein temps? Tu devrais prendre une femme de ménage.

Sa mère aussi l'avait pressée d'engager une aide ménagère; elle avait même offert de lui en trouver une. C'était la fierté qui avait retenu Inez d'avouer que dans l'état actuel de leurs finances, ils ne pouvaient pas se le permettre. Sur ce plan-là, au moins, l'arrivée de Billie Primmer avait été un don du ciel. Billie était pleine d'énergie et s'était révélée tout à fait apte aux tâches ménagères, si étonnant que cela parût chez une jolie fille dont, en outre, les compétences d'infirmière étaient incontestables. Elle semblait même prendre plaisir aux travaux domestiques qu'Inez n'accomplissait qu'avec une résignation de mauvais aloi. De plus, la mère de Billie avait insisté pour payer généreusement la pension de sa fille.

Inez ne niait pas sa dette de reconnaissance envers Billie, mais une locataire permanente avait aussi des inconvénients. Billie avait beau mettre en œuvre tout le tact dont elle était capable, elle empiétait inévitablement sur les rares loisirs de ses hôtes. Cette semaine-là, Billie effectuait son premier service de nuit et Inez avait attendu avec impatience ces soirées en tête à tête avec son mari. Et maintenant, gravissant quatre à quatre le vieil escalier de pierre, comme elle aurait souhaité la présence de cette jeune personne si vivante et intuitive! Quelle que fût son humeur, Patrick ne se serait jamais permis de rabrouer sa femme devant une tierce personne.

Il faisait les cent pas dans le vaste hall aux meubles rares, longue silhouette stricte et distinguée. Comme toujours lorsqu'il était survolté, son beau visage avait cette expression tourmentée qui avait tout de suite touché le cœur d'Inez. Etait-ce l'effet de son imagination? Ou bien son visage était-il plus émacié? Certes, la mèche de cheveux blancs qui balayait son front frappait davantage, et le gris de ses tempes s'était accentué.

Le cœur d'Inez se serra quand elle vit le verre d'alcool sur le guéridon et une cigarette entre ses doigts; car Patrick avait cessé de fumer et ne buvait que très rarement de l'alcool.

Elle dit d'un trait :

– Chéri, je suis vraiment désolée, mais je n'ai pas pu rentrer plus tôt. Nous avons eu ce cas tellement extraordinaire...

– Plus tard, interrompit-il sèchement. Je te suggérerais plutôt de te changer aussi vite que possible. Tu peux réserver tes excuses à sir Jeremy et lady Palmer.

Inez se contint pour retenir la riposte acerbe qui lui brûlait les lèvres. Pourquoi continuait-il de réagir comme s'il y avait une loi pour les hommes et une autre pour les femmes? Cet état d'esprit était pourtant dépassé! N'accepterait-il donc jamais l'égalité des sexes? Lui-même, confronté à une urgence imprévisible, à un accident de la route, par exemple, se serait-il précipité chez lui pour se changer en vue d'une réception? Il aurait bel et bien oublié ses obligations sociales. Elle l'aurait attendu indéfiniment, et probablement n'aurait-il même pas pris la peine de lui téléphoner. Il aurait considéré sa compréhension comme allant de soi.

Bien sûr, elle n'était pas un chirurgien de pointe, mais elle était tout de même une infirmière très qualifiée, titulaire d'un poste à haute responsabilité. Hermione Kirtonbury avait souligné que ce service comptait parmi les plus importants de l'hôpital. On s'occupait dans d'autres services de prolonger la vie des malades ou de soulager leurs souffrances. Mais en maternité, on regardait vers l'avenir; on se chargeait de donner un bon départ à une nouvelle génération.

Si Léna Hickory était morte ce soir, quelle perspective aurait eue le petit orphelin encore si fragile? Tout en montant rapidement l'escalier qui menait à la grande chambre à coucher, Inez reconnut que Léna avait sans doute été sauvée grâce aux réactions rapides de Billie. Mais Billie toute seule aurait manqué d'autorité et n'avait pas le grade requis pour exiger l'obéissance de ses collègues. Sean et l'infirmière-chef Cranston auraient peut-être ignoré son avis, le jugeant non fondé et invraisemblable.

De l'herbicide dans un service hospitalier! Un titre de roman policier. Peut-être même les fanatiques de ce genre auraient-ils trouvé l'idée par trop extravagante. Comment avait-on pu administrer une dose d'herbicide à un malade? Et qui?

Que cette réception stupide venait donc mal à propos! pensait Inez avec irritation en ôtant d'un geste violent sa blouse tachée. Au lieu d'aller chez les Palmer, elle aurait dû être à Saint-Chad, en train de diriger l'enquête. Elle n'aimait pas les Palmer, sauf peut-être lady Palmer qui lui inspirait une certaine sympathie. Sir Jeremy, président du conseil d'administration de l'hôpital, était un homme brillant dans son domaine et certaines de ses inventions avaient été bien accueillies au ministère de la Défense.

Ne s'intéressant nullement à ce genre de problèmes technologiques, Inez ne s'était jamais souciée de se renseigner exactement sur les travaux de sir Jeremy; mais ceux qui le touchaient de près parlaient de lui avec respect. Dans le privé, c'était un redoutable tyran domestique, tout dévoué à sa femme et à ses trois filles, mais exigeant d'elles une soumission inconditionnelle. Son infortunée épouse vivait sous pression depuis des années, exactement depuis l'époque où les filles avaient laissé percer un soupçon de rébellion contre ce père aux idées d'un autre âge. Elle s'attachait désespérément à maintenir la paix entre son mari et ses filles. Inez avait bien conscience des difficultés de la tâche.

Joanna, l'aînée, était aussi entêtée et agressive que son père. Jeune infirmière à Saint-Chad l'année où Inez commençait ses études dans un grand hôpital de Londres, Joanna avait conçu un amour passionné pour Cecil Larcher, le chirurgien-orthopédiste en chef de Saint-Chad. Dans quelle mesure Cecil y avait-il répondu? Chacun se posait la question. Sans doute pas autant que Joanna l'eût souhaité. Cecil s'était marié jeune. Lorsque sa femme avait été atteinte d'artériosclérose, il lui était demeuré absolument fidèle et dévoué. Même ses confrères, plus ou moins bien intentionnés en convenaient. Cecil appartenait à la même génération que Patrick et son sens moral était aussi intransigeant.

Sans doute ne découragea-t-il pas tout à fait cette jeune infirmière qui l'adorait. Cecil n'était qu'un homme, et sa vie conjugale était privée de tout bonheur sexuel depuis plusieurs années déjà quand Joanna se jeta dans ses bras. Il fut flatté des attentions de la jeune fille, peut-être même fut-il amoureux d'elle. Il n'en fut pas moins consterné quand des rumeurs commencèrent à circuler et quand Joanna lui donna clairement à entendre qu'il devait divorcer et l'épouser.

Pauvre Cecil! C'était là une perspective tout à fait inconcevable pour lui. Abandonner Ermyntrude après toutes les années heureuses qu'ils avaient passées ensemble, au moment où, de plus en plus atteinte, elle avait tant besoin de l'amour et de la loyauté de son mari. Désespéré, il se confia à ses intimes. Comme Patrick n'était pas homme à reculer devant un devoir, si désagréable fût-il, il se porta volontaire pour « parler » à Joanna.

Patrick n'avait sûrement pas louvoyé. Ce n'était pas son style. Il avait fait valoir à la jeune femme le point de vue de Cecil et celui de l'hôpital. Voulait-elle ruiner la carrière de Cecil? Le contraindre à faire un geste qu'il regretterait toute sa vie? Quel bonheur espérait-elle trouver près d'un homme qui aurait perdu ce qu'il chérissait le plus? Comment les gens de l'extérieur, et ses propres parents, jugeraient-ils ce chantage affectif?

Joanna quitta Saint-Chad et partit travailler dans un hôpital des environs d'Exeter. Quelques années plus tard, peu après le mariage d'Inez et de Patrick, lady Palmer montra les premiers symptômes de sa maladie cardiaque. Sir Jeremy, dans son style autoritaire, décréta aussitôt que Joanna devait revenir pour être disponible au cas où sa mère aurait besoin d'elle. Elle travaillerait à Saint-Chad et dormirait sous le toit familial.

Ce que Joanna pensa de cette décision, Inez ne pouvait que le supposer. Sans doute sir Jeremy menaça-t-il Joanna de lui supprimer toute aide financière si elle refusait d'obéir. En tout cas, elle revint à Saint-Chad. Elle prouva très vite qu'elle n'avait pas pardonné à Patrick le rôle qu'il avait joué dans la rupture de sa liaison d'autrefois.

Les rumeurs s'étaient éteintes d'elles-mêmes après le départ de Joanna, et Cecil était surtout soucieux de ne pas les ranimer. Tous deux s'ignoraient donc. Et subitement, Ermyntrude Larcher fut atteinte d'une grippe à virus qui dégénéra en bronchite. On la transporta à Saint-Chad mais, malgré des soins vigilants, son cœur surmené lâcha. Il y avait dix-huit mois de cela.

Ceux qui connaissaient bien Cecil ne doutèrent pas qu'il fût profondément et sincèrement touché. Il maigrit; il lui arrivait d'errer, l'air hagard. Il refusa de prendre le congé qui lui était dû depuis longtemps. Il n'avait plus désormais que son travail, expliqua-t-il.

Joanna avait saisi sa chance à deux mains, ce qui était bien dans son tempérament. Elle avait eu le temps de ruminer sa première défaite au long de toutes ces années. Ce soir, on annoncerait ses fiançailles avec Cecil Larcher.

Inez était sûre que lady Palmer seule n'aurait jamais eu l'idée d'une réception aussi officielle étant donné les circonstances. Elle était au courant de l'histoire de sa fille et regrettait son obstination. Le divorce était jugé sévèrement chez les Palmer et la liaison de Joanna avec un homme marié avait chagriné Lilian. Que de mal elle s'était donné pour cacher les faits à sir Jeremy! Elle l'avait avoué à Inez lors d'une rencontre de vacances, après qu'Inez lui eut prodigué les premiers soins à la suite d'une crise d'angine de poitrine.

La réception de ce soir était sans aucun doute une idée de sir Jeremy. Dans son ignorance bienheureuse du passé, il se félicitait que son aînée, qui avait dépassé la trentaine, se marie enfin. Apparemment, Cecil entrait dans le jeu de son futur beau-père. Dans ces conditions, rien ne forçait sir Jeremy à avoir recours à un subterfuge comme ç'avait été le cas pour sa seconde fille, Bridget, sa préférée.

Bridget, elle aussi, avait été placée à Saint-Chad pour y recevoir une formation d'infirmière, mais là où Joanna se montrait pratique, pleine de sang-froid et compétente, Bridget était désespérément distraite et négligente, s'attirant de fréquentes réprimandes de ses supérieures exaspérées. Bridget tomba passionnément amoureuse d'un jeune interne. Toutefois, plus impétueuse et moins calculatrice que son aînée, elle n'avait pas hésité à aller jusqu'au bout. S'étant aperçue qu'elle était enceinte, elle avait tenté de se suicider. Elle n'avait pas le courage d'avouer sa faute à son père; elle ne voulait pas non plus briser la carrière de son Peter adoré en le forçant à l'épouser avant qu'il ne soit en position d'entretenir une famille.

Heureusement pour Bridget, sa tentative avait échoué. Son amoureux et son père, émus de sa délicatesse, complotèrent en toute hâte son enlèvement. C'est ainsi que, soutenu par son riche beau-père, le Dr Peter Edmonds se retrouva installé avec sa jeune épouse dans une jolie maison moderne et fut associé dans un cabinet médical à Saxham.

Après cinq ans de mariage, Peter Edmonds avait l'air heureux et prospère, et Bridget venait de donner naissance à leur troisième enfant. Avait-elle été déçue que ce fût toutes des filles et non les garçons que son père aurait tant désirés? Lady Palmer ne lui ayant pas donné l'héritier mâle qui aurait repris par la suite le petit empire créé par sir Jeremy, celui-ci attendait impatiemment son premier petit-fils. Quelle ironie du sort si ce désir devait être comblé par Joanna et Cecil! Ayant dépassé la quarantaine, Cecil hésiterait peut-être à fonder une famille. Mais Joanna, elle, était experte dans l'art de saisir sa chance, Inez s'en était aperçue dès leur première rencontre. Joanna n'était décidément pas sa favorite, même Patrick l'avait remarqué. Joanna était vindicative et ne pardonnait jamais. Elle ne laissait jamais passer une occasion de lancer un mot aigre à la tête de Patrick ou d'Inez.

Patrick avait perçu depuis longtemps l'hostilité de Joanna. C'était sans doute l'une des causes de son humeur de ce soir. Patrick ne se liait pas facilement et voilà qu'il allait perdre l'un de ses meilleurs et plus anciens amis. Car Joanna veillerait à ce qu'il en soit ainsi.

« Pauvre chéri! J'ai bien fait de ne pas riposter tout à l'heure, se dit Inez en brossant vigoureusement sa chevelure noire, épaisse et soyeuse. Il doit déjà se faire violence pour se rendre à cette réception, alors je veux bien admettre qu'il se serait passé de m'attendre. Il n'a sans doute cessé de ruminer les fiançailles de Cecil. »

4

– Eh bien, monsieur, suis-je présentable?

Inez avait adopté résolument un ton léger. Inutile d'ajouter à la tension ambiante en suscitant un flot de remarques.

Patrick la gratifia d'un regard d'acier qui s'adoucit imperceptiblement à mesure qu'il la détaillait. Même ceux qui n'aimaient pas Inez ne pouvaient nier son charme. Ses admirateurs la trouvaient ravissante. Sa chevelure noire, ses yeux brun foncé et sa peau de pêche séduisaient. Sa silhouette était souple et athlétique.

Ce soir-là, dans son désir inconscient de rentrer en grâce auprès de Patrick, elle avait choisi l'une de ses nouvelles robes. Elle moulait son buste, soulignant ses épaules rondes et ses seins fermes, elle s'évasait ensuite en corolle. Des motifs aux nuances automnales, or et flamme, rouille et bronze jouaient en flou sur un fond marron foncé.

– Un vrai feu d'artifice, dit Patrick d'un ton bourru. Allons, viens! Cecil va se demander si...

Inez brûlait de discuter le cas mystérieux de Léna Hickory avec quelqu'un de compétent, mais elle avait découvert que son mari prenait ombrage de ses préoccupations professionnelles. Avant leur mariage, il avait parfaitement admis que, pour elle, abandonner son métier serait gâcher un don incontestable. Quand elle avait travaillé au bloc opératoire, il paraissait parfaitement acquis à l'idée de la voir passer la moitié de sa vie à l'hôpital. C'est lorsqu'elle avait été mutée en maternité qu'il avait montré des signes évidents de contrariété. Inez était trop souvent absente quand il rentrait au manoir. Elle aussi avait dû pourtant l'attendre patiemment bien des fois. Mais il n'y pensait pas. C'était bien un homme!

Mieux valait éviter un nouvel éclat pour l'instant, décida Inez. Elle suivit Patrick en silence jusqu'à la Rover noire et luisante. Elle le laissa lui ouvrir la porte du côté passager. C'eût été plus rapide et ils auraient moins de difficultés de parking avec sa petite Peugeot, mais elle s'abstint d'en faire la suggestion car elle savait à l'avance qu'il aurait été scandalisé. Ses conceptions avaient vraiment vingt ans de retard, se disait Inez, partagée entre l'amusement affectueux et l'énervement. Joanna aboutirait-elle un jour au même constat?

Elle remarqua, autant pour se convaincre elle-même que pour adoucir Patrick :

– Après tout, cette union sera peut-être un succès. Joanna a été d'une fidélité exemplaire.

– Est-ce tellement sûr? Ne s'est-elle pas jetée sur lui en dernier recours? riposta Patrick cyniquement. Elle fait croire à ce pauvre garçon qu'elle l'a attendu, mais je doute qu'elle l'aime encore. J'ai plutôt l'impression qu'elle s'en sert pour sauver la face.

– Possible, évidemment. Mais c'est une passionnée sous ses dehors froids.

– Mal équilibrée, comme sa névrosée de sœur.

– Bridget? Elle s'est pourtant assagie, me semble-t-il.

– Ce n'est pas ce que j'ai entendu dire.

Ce n'était pas l'habitude de Patrick de prêter l'oreille aux bavardages, et encore moins de les répéter; aussi Inez considéra-t-elle son mari avec étonnement. Il ajouta, les sourcils froncés :

– Walters a dit un jour qu'elle aurait bien voulu interrompre sa dernière grossesse.

– Ciel! C'est vrai? Moi qui croyais qu'elle persisterait jusqu'à l'arrivée d'un garçon, pour faire plaisir à sir Jeremy.

– Il semble que non. Elle se plaignait de ne pas s'en sortir avec les deux petits et qu'un troisième la rendrait folle. Pas le genre maternel, conclut Patrick avec sévérité.

– Que s'est-il passé?

– Walters et ton père se sont concertés. Ton père est le médecin de famille des Palmer, non? Ton père a parlé au Dr Edmonds et à sir Jeremy pour que Bridget soit aidée davantage chez elle.

Inez eut un soupir d'irritation.

– Et toi, tu ne m'en as jamais soufflé mot!

– Bah! C'était sans importance. C'est loin maintenant, de toute façon.

– Oui, Bridget a eu son troisième bébé, une autre fille d'ailleurs, peu de temps avant que je prenne la maternité en main.

C'était là tout Patrick. Lui ne s'intéressait pas aux gens, mais il ne lui venait pas à l'esprit qu'elle-même pût prendre un vif intérêt, fût-il chargé de préventions, aux faits et gestes des filles Palmer. La famille Palmer n'avait-elle pas joué un rôle important dans leur vie dès leur lune de miel? Un mauvais tour du destin leur avait fait rencontrer les Palmer dans l'auberge où ils passaient quelques jours. La nuit même de leur mariage, Patrick s'était retrouvé à la tête d'une équipe qui partit à la recherche de Bridget et de trois de ses amis perdus dans le brouillard de la lande, tandis qu'Inez soignait lady Palmer terrassée par une crise d'angine de poitrine.

Plus tard, ils avaient croisé le fer avec Joanna, et Inez avait pris conscience de l'hostilité foncière de la jeune femme. Elle était en médecine-femmes depuis deux ou trois ans. Elle y avait d'abord été infirmière-chef, puis infirmière-major, de sorte qu'elle n'avait que très rarement l'occasion de rencontrer Patrick ou Inez. En fait, jusqu'à l'invitation de ce soir, Inez n'avait guère eu de pensée pour cette famille qui ne lui avait apporté que des ennuis.

– Lady Palmer doit être soulagée que Peggy au moins soit plaisante et normale, observa Inez.

– Si tu trouves normal de se consacrer aux chevaux, aux *jumpings* et autres compétitions équestres..., rétorqua Patrick sèchement.

– Pourquoi pas? Peggy est heureuse avec les

chevaux, et elle est en train de se faire un nom.

Une impressionnante file de voitures s'étirait dans l'allée. Ils n'étaient heureusement pas les seuls retardataires. Un couple âgé pénétrait justement dans la salle de bal illuminée où la réception avait lieu. L'homme s'appuyait sur une canne; la femme, une blonde décolorée, ressemblait à Lilian Palmer. Patrick et Inez leur emboîtèrent le pas.

Lilian Palmer embrassa chaleureusement la femme en s'exclamant avec un plaisir évident :

– Madge, ma chérie, tu as pu venir! Et Arthur aussi! Que c'est gentil à vous! Joanna, voici ta tante. N'est-ce pas merveilleux?

Inez en profita pour observer les futurs époux.

Ce fut un choc pour elle de les voir ainsi côte à côte. Joanna, copie solidement charpentée de sa mère, avait pris du poids. A trente-quatre ans, elle n'était pas vraiment lourde, mais on pouvait la dire « florissante ». La robe blanche et moulante qu'elle avait sans doute jugée la plus adéquate pour la circonstance ne l'amincissait en rien. Par contraste, Cecil Larcher, en complet noir, semblait tout frêle. Ses cheveux grisonnants avaient cédé du terrain au front large. Son expression gentiment bourrue s'accordait mal avec son visage maigre et marqué.

Cecil avait l'air d'avoir le même âge que son vigoureux beau-père à la face épanouie et à l'opulente chevelure, pensa Inez avec consternation. Sir Jeremy avait une tendance à l'hypertension, mais c'était un homme dur et énergique. Il semblait en pleine forme ce soir-là. Il embrassa chaleureusement sa belle-sœur et donna une tape cordiale sur l'épaule du mari, puis il leur présenta Cecil.

– Oh, Inez, comme c'est gentil d'être venue!

Lady Palmer semblait sincèrement heureuse, mais comme elle avait l'air fatigué et comme ses doigts tremblaient en prenant la main d'Inez.

– Et vous, Patrick, que c'est bon de vous avoir ici... Ma chérie, votre père et votre mère sont quelque part dans la salle. Il y a tant de monde...

– C'est vrai. Vous avez dû vous donner beaucoup de peine pour organiser cette soirée, dit Inez avec une compréhension non feinte. Vous devriez vous reposer un moment.

– Oh, non! Il faut que je circule... sinon, sir Jeremy va en faire toute une histoire, s'empressa d'expliquer Lilian Palmer. Amusez-vous bien. A grignoter et à boire à volonté...

Lady Palmer aura de la chance si elle termine cette soirée sans crise, songea Inez tandis que sir Jeremy s'emparait de son bras avec autorité. Son mari et ses filles n'avaient-ils donc aucun bon sens? Ils savaient pourtant qu'une réception de cette importance soumet inévitablement l'hôtesse à une tension très forte.

Les doigts fermes de Joanna frôlèrent Inez et ses lèvres s'incurvèrent en un petit sourire amusé tandis qu'Inez murmurait la phrase de rigueur :

– Meilleurs souhaits de bonheur pour tous les deux.

– Merci infiniment. Quelle joie d'être enfin réunis! répondit Joanna. Je suis sûre que vous êtes de tout cœur avec nous.

Y avait-il là une forme de bravade? Inez choisit en tout cas de l'ignorer. Elle gratifia Joanna de son sourire le plus charmeur et s'approcha de Cecil.

– Cecil, tous mes vœux de bonheur. Les Palmer vous font un accueil merveilleux!

A peine Inez eut-elle achevé sa phrase qu'elle regretta de l'avoir prononcée car Cecil sourcillait visiblement.

– Il n'était pas nécessaire de voir aussi grand... Mais sir Jeremy s'est laissé emporter, selon son habitude, dit Cecil, mal à l'aise. Je m'attendais à quelques amis, d'après ce que lui-même m'avait dit.

– Une espèce de fête païenne dont vous êtes la victime sacrificielle, dit Patrick sans ambages. Mon vieux, vous avez tout à fait l'air d'un agneau qu'on va immoler.

« C'est malin! » jugea Inez avec contrariété, consciente de la gêne de Joanna et de la rougeur soudaine de Cecil.

Réprimant un rire agacé qui menaçait de passer ses lèvres, elle dit très vite :

– Oh, presque tous les hommes ont cette impression! Ils ont horreur de tenir la vedette en de tels moments. Je crois que nous sommes très en retard. Pardonnez-moi. J'ai été retenue par une urgence...

– Qui le devinerait à vous voir, dit Cecil dans un élan de galanterie surannée. On dirait que vous avez passé votre journée à cueillir et disposer des fleurs. Que c'est beau la jeunesse! Comme je voudrais l'avoir encore...

Inez sourit gentiment à cette boutade anodine, mais Joanna la prit fort mal.

– Chéri, ne regrettez pas de n'être pas plus jeune. Je suis comme Inez Elbure, je n'aurais que faire d'un blanc-bec, dit-elle avec assurance.

– La chance est une belle chose, mais le temps passe tout de même et les fruits finissent par s'aigrir, ma chère Jo.

Bridget approchait d'un pas incertain, un verre de champagne à la main; elle parlait en ricanant sottement. Inez la soupçonna d'avoir déjà bu quelques verres. Elle était rouge et ses yeux bleus brillaient plus que de coutume. Contrairement à son aînée, Bridget avait beaucoup maigri et paraissait plus vieille qu'elle ne l'était en réalité.

Il n'y avait jamais eu beaucoup d'affection entre Joanna et Bridget. Joanna avait-elle été jalouse de la préférence incontestable que son père affichait pour la jolie petite fille qui ressemblait tant à sa mère? Elle, elle avait hérité la blondeur de sa mère, mais pour le reste, elle tenait beaucoup de son père.

– Va croquer quelque chose. Tu as bu suffisamment, lança Joanna sans aménité.

– Je noie mes chagrins! riposta Bridget en ricanant. C'est bien comme cela qu'on dit? J'en ai tellement à noyer. Mais ce n'est pas ton problème, n'est-ce pas, ma chère Jo? Toi, tu tiens ton homme... Oh, de toute façon, qui voudrait encore de lui? (Elle se tourna vers Inez.) Vous en voudriez, vous, Mrs Elbure? Je parie que non! Je parie aussi que mon joli bonhomme aux boucles blondes ne vous retiendrait pas non plus. N'ai-je pas raison?

– Mon propre mari me suffit, merci! dit Inez quand Bridget se tut enfin pour boire une gorgée de champagne. A propos, où est votre mari, Bridget? Je ne l'ai pas vu. En visite chez un malade?

– Oh, pas de danger! C'est un médecin de cabinet. Rien d'autre. S'il rentre tard le soir, ce n'est pas parce qu'il est resté au chevet d'un patient. Que non! Il dit que je ne le comprends pas. Mais je ne suis plus l'innocente idiote d'autrefois. Je voudrais bien l'être encore! Oh, comme je le voudrais!

– Cesse de radoter, je t'en supplie! Tu t'exhibes bêtement, siffla Joanna avec colère.

Elle jeta un coup d'œil inquiet par-dessus son épaule. Plus de retardataires. Un serveur s'arrêtait à côté de lady Palmer avec un plateau chargé de verres.

– Allons, viens, mon vieux. J'imagine que tu aimerais boire un verre, proposa Patrick. Nous n'avons pas notre place dans cette conversation.

Patrick, après un regard dédaigneux aux deux sœurs, prit Cecil par le bras et le dirigea vers la table où avait été dressé le buffet. Cecil se tamponnait le front et avançait sans regarder en arrière.

– Ah, les hommes! C'est bien eux! Des lâches, tous! clama Bridget. Tu en feras l'expérience aussi, ma chère Jo.

Joanna ravala sa réplique, car le serveur venait vers elles. Elle et Inez prirent un verre; Bridget en prit un également, ayant réussi à finir le sien d'un trait.

– Tu as assez bu, toi! Ressaisis-toi donc! grommela Joanna.

– Assez..., répéta Bridget. Plus qu'assez, en effet, mais Peter ne veut rien savoir. Papa ne comprend rien non plus. Même le Dr Raine ne comprend rien. Les hommes sont tous pareils. Ils se figurent qu'une femme a besoin de bébés, des bébés en veux-tu en voilà. Des bébés affreux, qui se tortillent sans arrêt, qui piaillent, qui sont sales. Ah, tu as de la chance, Jo. Tu n'as plus l'âge d'avoir des tas de ces sales marmots qui s'accrochent aux jupes en hurlant.

– Vas-tu te taire, pleurnicharde! ordonna Joanna férocement.

– Tu n'es pas gentille, tu n'es jamais gentille, renifla Bridget qui s'agrippa à Inez tant son équilibre était précaire. Vous, infirmière-major Raine, vous avez bon cœur. Dites-moi comment vous faites? Comment faites-vous pour éviter d'étouffer entre les bébés et les berceaux?

Pour une fois, Inez se sentait sincèrement gênée pour Joanna. C'était sa soirée, et Bridget menaçait de tout gâcher.

– Si nous allions nous régaler d'une de ces

appétissantes friandises? Nous nous installerons ensuite dans un coin tranquille et nous bavarderons un peu, dit Inez sur un ton persuasif.

– Mille fois merci, Raine! Vous êtes vraiment chic, dit Joanna subitement, retrouvant le ton en usage entre collègues. En fait, je vous harponne sans raison; je l'avoue, je suis parfois bêtement jalouse.

– Nous le sommes toutes un peu, n'est-ce pas?

Inez n'aimait pas Joanna, mais elle était prête à accepter le rameau d'olivier qu'elle lui tendait, pour sauvegarder l'amitié de Patrick et Cecil.

– Si je peux me permettre de tirer le signal d'alarme, poursuivit-elle, ne laissez pas votre mère s'affairer trop longtemps, elle est visiblement épuisée.

– Je sais. Mais essayez donc de la faire penser à elle! La pauvre, au moindre symptôme de faiblesse, Père ferait toute une histoire. L'idée de cette soirée est entièrement de lui, vous vous en doutez, expliqua Joanna avec vivacité. Tout ce que nous pouvons tenter, c'est de l'écourter.

Inez hocha la tête avec une sympathie renouvelée. Il fallait que Joanna soit à la limite de sa résistance pour parler aussi franchement à quelqu'un pour qui elle n'avait guère d'amitié. A moins que l'amitié ou l'animosité n'entrent nullement en ligne de compte entre elles deux, se dit Inez dans une intuition subite. Joanna s'accrochait-elle inconsciemment au lien puissant de loyauté qui existait dans la profession? Infirmières de tous grades pouvaient bien se critiquer sans merci, elles n'en restaient pas moins unies face au monde extérieur.

Joanna savait qu'elle pouvait s'appuyer sur une collègue pour traverser l'épreuve. Si, devant les autres invités, elle feignait le bonheur parfait, elle se refusait à jouer cette comédie avec Inez.

– Mille fois merci, Raine! répéta-t-elle tandis qu'Inez prenait Bridget par le bras et la guidait vers le buffet.

– Je n'ai pas faim, dit Bridget, prenons un autre verre.

– Et aussi quelques-uns de ces petits canapés, dit Inez avec fermeté. Vous avez maigri, Bridget. Vous n'avez plus que la peau sur les os.

– Ah, oui, parlons-en!

Les épaules frêles de Bridget frissonnèrent.

– Quand ai-je l'occasion de faire un vrai repas et d'avoir une nuit de vrai sommeil alors qu'il y a toujours l'un de ces affreux marmots en train de pleurer? Même quand je somnole, je rêve encore que j'entends des cris.

– Ce n'est pas normal! Vous avez besoin de dormir.

– Mon cher mari prétend que c'est lui qui a besoin de dormir. Moi, il faut que je dorme près du berceau de Judy. Pas lui. Egoïste n'est pas un mot assez fort pour qualifier sa conduite!

Inez la scrutait avec attention. Bridget était toujours cramoisie, mais elle s'exprimait de façon plus cohérente à présent. Elle rencontra le regard pénétrant d'Inez et un reflet de son beau sourire d'autrefois éclaira son visage.

– D'accord. Je n'ai pas bu autant que j'en avais

l'air tout à l'heure. Je voulais seulement faire sortir cette chère Jo de ses gonds. Elle est tellement autoritaire et persuadée qu'elle détient toutes les réponses! Elle me vole toujours dans les plumes. Je voudrais bien la voir se débattre avec trois petits braillards et un mari qui s'imagine qu'une maison bien tenue et trois repas chauds par jour lui reviennent de droit. A ma place, elle perdrait son beau détachement!

– Sans aucun doute. Attendez-moi, je vais chercher quelque babiole.

Elle ne put atteindre directement le buffet. Saluée en chemin par de nombreuses connaissances, elle dut s'arrêter plusieurs fois pour échanger quelques mots avec l'une ou l'autre. Les invités étaient très mélangés: des amis influents de sir Jeremy, des membres de l'association féminine dont lady Palmer était la présidente, des personnalités locales, des confrères de Cecil en poste à Saint-Chad et du personnel soignant appartenant à l'équipe de Joanna. De petits groupes commençaient à se former çà et là. Quelques invités isolés étaient assis avec raideur sur des chaises à haut dossier disposées le long des murs. Le Dr Raine et son épouse étaient au centre d'un groupe important. Inez tenta vainement d'attirer l'attention de sa mère.

Les problèmes de Bridget étaient en effet de ceux que Molly Raine était susceptible d'améliorer grandement. Elle connaissait pratiquement chaque habitant de la petite localité et tous ceux qui étaient inscrits au fichier du Dr Raine et de son associé. Ceux-là venaient parfois d'assez loin.

Si quelqu'un était en mesure de procurer à Bridget une aide adéquate, c'était bien Molly.

Inez, émergeant enfin de la foule avec ses deux plateaux, fut surprise de trouver Bridget qui l'attendait, l'air absent. Ses yeux bleus étaient rivés sur un groupe, vraisemblablement des membres de l'association féminine de lady Palmer tandis que leurs maris, un peu à l'écart, tendaient à se rassembler. Les épouses faisaient cercle autour du Dr Peter Edmonds.

Contrairement à sa femme, Peter Edmonds avait un peu épaissi depuis son mariage. Pas beaucoup, pensa Inez, mais suffisamment pour faire de ce garçon autrefois maigre et dégingandé un jeune homme à l'air assuré et prospère. Sa chevelure fauve était encore bouclée, mais à présent d'une coupe classique, et il avait remplacé ses jeans et ses chemises sport de jadis par un complet noir parfaitement coupé.

– Votre mari a la mine d'un homme que la vie ne maltraite pas, dit Inez impulsivement.

– Vous pouvez le dire! Ecœurant, non? Regardez-le donc paradant parmi ces chipies! s'écria Bridget sans ambages. L'argent! C'est son seul souci désormais. Je voudrais que vous le voyiez avec Papa! « Oui, monsieur; non, monsieur; si c'est votre avis, monsieur... » Papa est ravi et moi j'en suis malade.

– C'est normal qu'un jeune marié veuille plaire à son beau-père, dit Inez doucement.

– Normal? Je suis sûre que votre mari ne s'est jamais aplati devant personne. Joanna dit que la plupart de ses interventions chirurgicales relèvent du régime de la Sécurité sociale. Peter ne s'attache qu'à ce qui rapporte, c'est-à-dire la clientèle privée. Il ne pense qu'à mettre ses grosses pattes sur l'argent de Papa, ajouta Bridget avec amertume. Il escompte que Papa ne fera pas de vieux os, ni Maman.

– C'est absurde, voyons! Et puis, vous êtes trois sœurs...

– J'ai toujours été la préférée de Papa. Peter pense que si j'avais un garçon, Papa lui laisserait l'usine. Peter a été furieux que Judy soit une fille.

Elle releva son joli menton arrondi, d'un air de défi.

– Qu'il ne s'imagine pas qu'il va pouvoir remettre ça! Je préférerais mourir. Morte, j'aurais au moins la paix.

Bridget parlait à présent calmement, sans nervosité. Sa voix était basse, amère, monotone, cc qui signifiait beaucoup de choses pour une infirmière intuitive comme Inez.

– Ma pauvre, c'est terrible, dit Inez, sincèrement inquiète cette fois.

Elle dirigeait sa compagne vers deux chaises libres près de l'entrée de la grande serre victorienne où quelques amateurs de fleurs se glissaient discrètement.

– Vous ne pouvez plus continuer ainsi. Vous avez une aide au moins?

– J'en ai eu une jusqu'au jour où elle s'est trouvée enceinte. Elle et moi sous le même toit, c'était trop, dit Bridget d'un ton sinistre. Ses nausées me rendaient encore plus malade moi-même. Peter parle à présent de prendre une fille au pair, mais je n'en veux pas.

– Non? Vous avez un motif particulier?

– On sait pourquoi ces filles viennent ici : pour mettre la main sur un mari. Maman en a eu une qui n'a pas tenu trois mois. Je veux quelqu'un qui s'occupe des enfants et qui s'abstienne de tourner autour de Peter.

– Oui. C'est une nurse qu'il vous faut. Ma mère pourrait vous en trouver une.

– C'est que mes gamines sont dures...

Bridget engloutissait un petit sandwich au pâté, comme si elle venait de s'apercevoir subitement qu'elle mourait de faim.

– ... Papa les gâte trop, et Peter aussi quand il condescend à remarquer leur existence. J'appelle la cadette Judy parce qu'elle est aussi laide et bruyante que la guenon du feuilleton télévisé.

– Comment s'appellent les autres?

– L'aînée est Lil, comme Maman, et la seconde est Jemina. Peter trouve que c'est ce qui ressemble le plus à Jeremy. Auriez-vous cru qu'il deviendrait un lèche-bottes pareil? Oh, je boirais bien un autre verre. Ma tête est toute embrouillée avec ces tranquillisants.

– Vous en prenez beaucoup? L'alcool fait mauvais ménage avec les sédatifs. Ce n'est pas l'habitude de mon père de prescrire de fortes doses de tranquillisants.

– Votre père, non. C'est Peter qui m'en donne pour me calmer. Du Valium, je crois.

– Vous en êtes sûre?

Inez examina le visage de Bridget qui clignait des yeux.

– Plus sûre de rien, murmura cette dernière si bas que les mots étaient à peine perceptibles. Mettons que je n'aie rien dit. Ce n'est pas... normal de droguer sa femme, hein?

– Ce n'est pas à conseiller en tout cas.

Bridget craignait-elle d'avoir trop parlé? Essayait-elle à nouveau de feindre en jouant une autre scène? Elle était manifestement en mauvais état et avait besoin d'un avis autorisé. Inez regarda de l'autre côté de la salle, en direction du groupe qui entourait ses parents; elle essaya d'attirer leur regard. Mais Richard Raine était en conversation avec une Hermione Kirtonbury extraordinairement élégante dans une robe-fourreau de couleur fauve et parée d'un collier et de boucles d'oreilles d'ambre. Le Dr Raine, le « gentil Raine » comme on le surnommait à Saint-Chad, était l'un des rares médecins à jouir de l'estime du nouvel officier principal de Santé. Il avait le don de toujours découvrir le meilleur côté d'un individu; même les gens les plus maussades avaient un sourire pour lui.

– Vous avez consulté mon père ces derniers temps?

– Non. Je voulais... mais Peter a dit que ce n'était pas nécessaire. Il prétend que le Dr Raine me considérerait simplement comme une hystérique.

– Mon père sait faire un diagnostic sans l'aide de personne, et c'est un homme très compréhensif, vous savez.

– Oh, je sais. Peter a peut-être peur que j'aie à faire avec le brillant associé du Dr Raine. Votre Christopher est veuf à présent, ricana Bridget. Pas pour longtemps, je suppose. Dommage qu'il n'ait pu venir ce soir.

– Il est de permanence. Et puis, il n'y a pas si longtemps qu'il a perdu sa femme. Il ne se sent pas encore d'humeur à sortir.

Le ton d'Inez était devenu plus incisif. Elle en voulait à Bridget pour ce « votre Christopher ». Tout le monde savait-il donc que Christopher avait été amoureux d'elle avant qu'elle ne rencontre Patrick? Elle avait été sincèrement contente et soulagée quand il avait paru se consoler avec son amie, Rosemary. Hélas, ç'avait été un mariage malheureux. En effet, Christopher séduisait à qui mieux mieux infirmières et patientes, et il se trouvait que Rosemary était d'une jalousie maladive.

– Elle l'aimait à la folie, elle était jalouse jusqu'à l'obsession, n'est-ce pas? Dans un sens, il doit être soulagé d'être libre à nouveau. Moi, je ne me laisserai jamais aller jusque-là avec Peter, dit Bridget qui avait retrouvé sa voix calme et morne. Je fais celle qui ne voit rien quand il flirte avec de jolies filles.

Ce fut à ce moment que Molly Raine se retourna pour déposer son verre. Elle rencontra le regard d'Inez. S'excusant en souriant, elle s'écarta du groupe et vint retrouver sa fille.

La belle ordonnance de la réception était définitivement rompue. Sir Jeremy venait de rejoindre Patrick et Cecil Larcher. Lady Palmer se dirigeait vers Bridget; elle avait remarqué des signes de tension chez sa fille et, comme toujours, elle espérait prévenir tout éclat qui eût exagérément agité sir Jeremy.

De son côté, Joanna attira l'attention de sa mère. Elle murmura d'un ton pressant :

– Mère, va calmer Bridget. Elle est en train de gâcher ma soirée.

Molly Raine, plus en chair que sa fille, mais avec un teint encore éclatant et des yeux d'un bleu pétillant, était fort séduisante dans sa toilette saphir et paraissait vingt ans de moins que Lilian Palmer. Bridget et Inez en furent frappées en même temps.

– Votre mère a une allure fantastique, dit Bridget. On ne lui donnerait pas plus de quarante ans. La mienne a l'air d'une vieille peau à côté d'elle!

– Il paraît que le bonheur conserve la beauté des femmes, répliqua Inez. Mes parents sont encore fort épris l'un de l'autre.

– Mon père dorlote ma mère, mais ça ne la rend pas plus heureuse.

Sir Jeremy n'était pas homme à apporter de la joie. Il était beaucoup trop irascible, tyrannique, imbu de son importance.

– Il y a différentes façons d'aimer, dit Inez au moment où les deux mères arrivaient près de leurs filles.

– Ma chérie, tu as pu venir tout de même! Vous étiez terriblement en retard, toi et ton mari. Qu'est-il arrivé? Patrick était retenu à l'hôpital? s'écria Molly d'un trait. Comme tu es jolie!

Absolument typique, pensa Inez avec agacement. Sa mère attribuait à Patrick la cause de leur retard. Depuis six ans, Molly Raine et son gendre n'avaient pu faire mieux que se tolérer avec résignation. Certes, la faute en revenait principalement à Patrick. Il n'avait que faire des femmes effusives, toujours prêtes à aider les autres. Il tenait Molly à distance et devenait rétif à la moindre démonstration de sollicitude maternelle.

– Non, ce n'est pas Patrick cette fois. Il était prêt; il a même dû m'attendre. J'ai eu un problème en maternité, un cas extraordinaire, expliqua Inez. L'une de nos jeunes mamans a été prise d'une syncope.

– Oh, mon Dieu! Epouvantable! dit Molly avec compassion.

Elle ne demanda pas de détails. Les questions purement médicales qu'Inez et son père discutaient sans se lasser étaient toujours demeurées lettre morte pour Molly. Elle était plus que personne capable de douceur et de compassion envers les êtres, mais les détails touchant leurs maladies ne l'intéressaient nullement.

Ce fut Bridget qui intervint :

– Une syncope? Pourquoi? Hémorragie?

– Non. De violentes nausées. Il semble qu'il s'agisse d'un empoisonnement.

– Oh! C'est pour cela que Billie m'a passé un coup de fil pour savoir ce qui entrait dans la composition du *Desherby?* demanda Molly. Elle n'a pas pris le temps de m'en dire plus, sinon que quelqu'un en avait avalé. C'est tout de même bizarre.

– Sans précédent et inexplicable. Il s'agit de cette malheureuse dont je t'ai déjà parlé, qui semble seule au monde.

– La mère célibataire? Léna quelque chose?

– Léna Hickory? Oh, non! Non...

Cette protestation désespérée avait jailli de la bouche de lady Palmer. Ses interlocutrices se tournèrent aussitôt vers elle; son regard était fixé sur Inez et exprimait une profonde horreur. Son visage était blafard. Ses genoux fléchirent. Elle se fut affaissée sur le sol si Molly Raine n'avait eu la présence d'esprit de la soutenir.

5

– Bon sang! Maman se trouve mal..., s'écria Bridget, plus ennuyée que vraiment inquiète. Papa va s'en mêler...

Inez avait posé son assiette et s'était élancée au premier cri de détresse de lady Palmer. Avec sa mère, elle la fit asseoir sur une chaise toute proche. Inez se pencha au-dessus d'elle tout en la soutenant.

– Elle devrait avoir un flacon dans son sac, dit-elle avec autorité.

Ce fut Molly qui ramassa le sac à main. Elle en sortit le flacon. Bridget était restée affalée sur sa chaise, écarquillant les yeux devant le visage cireux de sa mère. Inez brisa le flacon en un tournemain et le maintint sous les narines de Lilian Palmer.

– Allons, Bridget, réagissez un peu! ordonna-t-elle impatiemment. Allez chercher mon père. Et votre mari aussi. Il faut porter votre mère sur un divan.

– Non. Inutile. Très bien... dans une minute... je suis seulement fatiguée, haletait Lilian Palmer.

– Oh, ma pauvre! Ce sont tous ces préparatifs

qui vous ont épuisée, dit Molly qui avait saisi les mains tremblantes de lady Palmer. Détendez-vous, ne vous inquiétez pas...

– Maman? Qu'y a-t-il?

C'était Joanna qui arrivait en courant.

– Nom d'un chien! Je savais bien que tu te surmenais.

– Mais non. Ce n'est pas cela... c'est le choc..., murmura la mère faiblement.

– Le choc? Quel choc? interrogea Joanna avec vivacité.

Il n'y eut pas de réponse. Lady Palmer était en pleine crise d'angine de poitrine. Inez s'efforçait d'apaiser les spasmes.

Le Dr Raine et sir Jeremy furent bientôt à leur côté. Raine s'occupa aussitôt de la malade avec son calme et sa maîtrise coutumières. Le jeune Dr Edmonds se précipita également. Il s'attacha à calmer son beau-père. Comme l'avait prédit Bridget, sir Jeremy voulait intervenir.

Ce fut Joanna qui le rabroua vertement :

– Père, je t'en prie, laisse tomber! Tu rends les choses dix fois plus difficiles pour Mère. Laisse-nous faire! Va t'occuper de tes invités.

– Désolée, Jeremy. Encore une minute, murmura Lilian Palmer. Ne gâche pas la soirée de Jo...

On trouva dans la serre une chaise longue aux couleurs délavées. Les médecins et les deux infirmières eurent tôt fait d'y installer confortablement lady Palmer. Le docteur Raine laissait toujours sa trousse dans sa voiture. Inez alla la lui chercher.

Bridget n'avait pas bougé. Elle était toujours affalée sur sa chaise. Son assiette vide était par terre, à côté d'elle, mais elle tenait un verre de champagne à la main. Inez remarqua que ses yeux luisaient fiévreusement.

Il y avait décidément quelque chose d'anormal chez cette jeune femme. Etait-ce d'ordre physique ou mental? Qui aurait pu le dire? Son mari le savait peut-être, mais il avait à peine regardé sa femme quand il avait rejoint leur groupe. Ce n'était pas un homme très sensible. Trop content de lui, à peu près totalement indifférent aux sentiments des autres, Peter appartenait à une nouvelle race de médecins. Un généraliste comme Richard Raine, qui était un peu le confident des familles et connaissait personnellement chacun de ses malades, était en voie de disparition. Le mariage en catastrophe de Peter et de Bridget avait été tout à l'avantage de Peter du point de vue matériel. Inez se demanda s'il avait des motifs de le regretter. En tout cas, pour sa part, Bridget semblait en avoir...

« Oh, ce n'est pas à moi de me casser la tête à ce propos, se dit Inez avec agacement. Pourquoi me soucier des Palmer? Je ne tiens pas à me trouver une nouvelle fois mêlée à leurs problèmes! »

L'ennui, lorsqu'on était installé dans une petite ville de province, était que l'on évitait difficilement de se trouver mêlé à la vie de ses voisins. Les Palmer étaient clients de son père; sir Jeremy était très influent au conseil d'administration de l'hôpital; lady Palmer et Molly Raine se rencontraient fréquemment dans les mêmes comités; Bridget avait été formée à Saint-Chad; et voilà que Joanna allait devenir l'épouse de Cecil Larcher.

Peggy Palmer, la plus simple, et d'une certaine manière la plus sympathique des trois sœurs, s'adressa à Inez au moment où elle retournait dans la serre.

– Comment va Maman? Puis-je faire quelque chose?

– Non, restez plutôt ici, Peggy. Ne laissez pas les invités se disperser, votre mère en serait désespérée. Elle va se remettre, ajouta Inez d'un ton rassurant.

Peggy hocha la tête. C'était une fille solide à l'allure sportive, à la physionomie aimable et ouverte, éclairée par un beau regard gris-bleu. Plus équilibrée que Bridget, moins choyée sans doute, elle n'avait apparemment rien de son tempérament exalté ni de l'agressivité de Joanna. Inez pensa qu'elle devait être la préférée de sa mère.

– Votre mère s'est surmenée, ajouta Inez.

– C'est l'inquiétude qui la tue, pas le travail, rectifia Peggy. Elle se fait du mauvais sang pour Jo autant que pour Bridgie.

Pourquoi Lilian Palmer serait-elle inquiète pour Joanna? s'étonna Inez tandis qu'elle dénudait le bras de lady Palmer pour la piqûre que son père préparait. Elle devrait être heureuse que Joanna ait enfin pu réaliser son désir le plus cher... Cecil était-il un fiancé réticent? S'en serait-elle aperçue?

– C'est parfait à présent, dit bravement lady Palmer avec un sourire forcé. Jo, retourne auprès de tes invités.

– Je reste près de votre mère, répondit Inez à la question muette qu'elle lut dans les yeux de Joanna.

Le visage livide de Lilian se colora lentement quand l'injection commença à faire son effet; la respiration devint plus aisée. Elle jetait des coups d'œil anxieux en direction de la salle de bal.

– Seuls ceux qui se trouvaient à proximité se sont rendu compte de l'incident, assura Inez. La plupart des invités n'ont heureusement rien vu. Reposez-vous en paix.

– En paix? répéta Lilian dans un murmure sifflant. Comme j'y aspire à la paix! L'argent ne peut pas la donner... Même l'abnégation la plus totale ne la procure pas forcément...

– Ne parlez pas, ma chère! Restez calme pendant un moment, dit le Dr Raine paternellement. La douleur s'estompe un peu?

Elle hocha la tête.

– Oui, merci. Je vais mieux. Si seulement vous pouviez persuader Jeremy de cesser de se tourmenter à cause de moi..., dit-elle dans un murmure épuisé. Je serais incapable de supporter une telle opération. Je vous en prie, je vous en supplie, faites-lui comprendre cela.

– Une opération? reprit le Dr Raine, ébahi. Pas question d'opération pour ce que vous avez.

– Il... Jeremy pense... que peut-être..., dit Lilian. Parlez-lui, je vous en prie!

– Certainement, je vais lui parler. Détendez-vous maintenant. Je vais rapporter ma trousse dans ma voiture et je verrai sir Jeremy ensuite. Inez m'appellera si vous avez besoin de moi. De toute manière, je repasserai vous voir avant de partir.

– Cher ami, dit Lilian avec gratitude. Vous êtes un tel réconfort pour moi...

– N'est-ce pas? acquiesça Molly Raine en disposant un tabouret près de la chaise longue et s'y asseyant de telle sorte que ceux qui passaient devant l'entrée de la serre ne voyaient pas l'hôtesse. Inez, viens t'asseoir ici au lieu de faire les cent pas. Les gens croiront que nous sommes en conversation avec lady Palmer.

– Oui, je vous en prie, dit Lilian nerveusement. J'ai tellement horreur des embarras... C'est trop stupide de ma part de m'être ainsi effondrée...

– Rien de surprenant étant donné l'ampleur de la réception, marmonna Inez entre ses dents.

Lilian Palmer rougit visiblement. Elle prit la main de Molly.

– Vous pensez que c'est de mauvais goût, dit-elle sur un ton inquiet. En effet, c'est sans doute l'impression qui ressort de tout cela à première vue... C'est que mon mari n'a jamais rien su de la liaison de Joanna, autrefois... Alors dans son idée, cette solennité est normale.

– C'est bien ce que je pensais. Je m'étonne seulement que Joanna n'ait pas trouvé le moyen de l'en dissuader, répliqua Inez en toute franchise.

– Pauvre Jo! Probablement désespoir et défi de sa part, dit Lilian sur le ton du regret. Elle a dû forcer la main de Cecil... A vrai dire, elle ne s'est jamais confiée à moi.

– Ni à personne d'autre, dit Inez. Ce n'est pas dans sa nature de confier ses secrets à qui que ce soit. Vous n'avez donc pas à vous sentir coupable, lady Palmer. Il y a des filles comme cela.

– Tu es de celles-là, Inez, toi aussi, dit Molly sur un ton gentiment réprobateur. Ma fille a raison. Ces natures indépendantes ne se confient pas à leur mère. Elles n'appelleront jamais au secours.

– Une mère ne peut pas remédier à tout, c'est certain. Mais parfois nous aimerions bien savoir, au lieu de nous morfondre et de nous poser des questions, dit lady Palmer d'un air désenchanté.

– Je vous assure que vous avez tort de vous tourmenter ainsi. Joanna est capable de résoudre ses problèmes. D'ailleurs, ne ressemble-t-elle pas à son père?

– Tout à fait. C'est justement cela. Il est terriblement vulnérable dès que ses émotions sont en jeu. C'en est pathétique, dit Lilian tristement. Vous savez qu'il avait mis tous ses espoirs sur la naissance d'un fils... Et puis il a cherché une espèce de compensation chez ses filles, mais elles le déçoivent.

– Nous décevons tous nos parents d'une manière ou d'une autre. Ma mère aurait voulu que sa fille fût tendre, soumise et ultra-féminine, comme elle. A présent, elle aspire à une nursery pleine de petits-enfants.

La mère et la fille échangèrent un regard et Molly étouffa un soupir. Elle désirait ardemment des petits-enfants parce que la nature l'avait privée pour sa part d'une grande famille. Le mois précédent, Inez s'était crue enceinte. Molly avait été ravie; Inez, plutôt perplexe. Elle aurait volontiers donné un enfant à Patrick, mais elle hésitait beaucoup à l'idée d'abandonner son travail. Patrick, lui, ne tergiversait pas. Il avait déclaré sans ambages qu'il souffrait déjà suffisamment de devoir partager sa femme avec l'hôpital et, dans une moindre mesure, avec ses parents. Point n'était besoin d'y ajouter encore un rejeton bruyant et exigeant. Il n'avait pas caché sa satisfaction quand le résultat des tests s'était révélé négatif.

Molly avait pressé sa fille de ne pas renoncer, mais Inez avait répliqué :

– Plus tard, Maman. Quand j'aurai remis la maternité en ordre et quand Patrick se sera fait à cette idée.

Lady Palmer reposait, les yeux clos, mais ses doigts serraient encore la main de Molly, comme pour chercher un appui. Molly regardait avec compassion le petit visage fatigué. La plupart des gens voyaient en Lilian Palmer une femme heureuse. Elle avait une belle maison, toute la domesticité souhaitable, aucun souci financier, un mari célèbre et totalement dévoué et trois jolies filles. Mais en réalité, elle vivait constamment sous pression, prisonnière des crises familiales qui se succédaient sans cesse, handicapée par une sensibilité trop vive et surtout un cœur fragile.

– Ma chère, vous avez trois petits-enfants que vous adorez sûrement. Ils sont un peu votre consolation, dit gentiment Molly.

– Rien que des filles encore une fois, murmura Lilian en souriant. Pauvre Bridgie! Elle se soucie bien de ses bébés! Elle s'est mariée trop jeune évidemment. Elle n'était encore elle-même qu'une enfant gâtée à l'époque. Peter n'a pas tenu compte de la manière dont son père la traitait.

Elle parlait d'une voix monocorde, comme pour elle-même. Inez ne fit rien pour l'arrêter. C'était une femme habituée à garder ses soucis pour elle, c'était évident. A présent que ses nerfs se détendaient sous l'effet de la piqûre, elle se laissait aller, et cela la soulageait.

Une fois déjà, après une crise qu'elle avait eue dans cette auberge de la lande, Lilian Palmer s'était confiée à Inez. Ensuite, elle avait paru se sentir mieux. Ce devait être terrible de ne pouvoir discuter avec son propre mari sans risquer d'envenimer encore les problèmes. Au fait, Inez non plus n'abordait pas n'importe quel sujet avec Patrick. Les maris comme le « gentil Raine » étaient décidément bien rares.

– Elle est si jeune, elle n'est pas encore adaptée à son rôle de mère, disait Molly avec douceur. Et il n'y a pas eu assez d'écart entre les naissances.

– Elle ne voulait pas la dernière. Je crains que ni elle ni Peter ne s'occupent beaucoup de la malheureuse petite. Peter... Ah, les hommes sont tellement égoïstes, soupira Lilian douloureusement. Tellement obsédés par les choses matérielles. Peter est ambitieux. Il veut donner à mon mari le petit-fils qu'il souhaite tant. Il ne se demande pas si Bridget est assez solide. Et maintenant, il va se ronger d'inquiétude à cause de Joanna. Elle serait bien capable d'avoir un fils! Je ne sais pas comment elle s'y prend, mais Joanna arrive toujours à ses fins.

– Tout cela est très astreignant pour vous, ma chère, dit Molly. Le dicton qui prétend que tout finit par s'arranger est faux dès l'instant où les gens se laissent mener par leurs passions égoïstes. Mais la foi peut aider à faire sortir le bien de la crise la plus grave.

– La foi! Je m'y suis accrochée. J'ai prié et prié pour mes filles, dit Lilian d'une voix morne. Mais pour Bridgie, rien n'a marché de façon satisfaisante. La voilà avec trois filles. Et cette autre malheureuse qui donne naissance à un fils et qui se tue... Quelle injustice cruelle!

– Quelle autre malheureuse? s'enquit Inez avec surprise.

– Cette pauvre Léna. Une enfant si intelligente; elle était heureuse..., et puis ce drame. Oh, comment en est-elle arrivée là? Pourquoi ne m'a-t-elle pas appelée au secours?

La voix de Lilian avait retrouvé une certaine énergie.

– J'en suis toute retournée. C'est trop affreux de mourir ainsi.

– Léna Hickory n'est pas morte. Nous l'avons

sauvée. Du moins, elle paraissait se remettre quand je l'ai quittée, précisa Inez brièvement. Vous la connaissez donc, lady Palmer?

– Bien sûr. Elle a travaillé chez nous pendant deux ans. Aux écuries et au jardin. Peggy l'estimait beaucoup. Et puis... il y a eu des problèmes. Je ne sais pas très bien à quel propos.

Lilian était en proie à une détresse visible.

– C'était une fille indépendante. Je suppose qu'elle a rabroué sir Jeremy une fois de trop. Alors il lui a dit de faire ses valises. Il a fallu qu'elle soit admise à Saint-Chad pour que j'entende à nouveau parler d'elle. Jo m'a déclaré cyniquement qu'elle n'était pas surprise de voir Léna enceinte, mais moi, cela m'étonne.

– Voilà qui est intéressant, d'autant que Léna est très réticente à parler d'elle et de son passé. Je ne savais pas qu'elle avait travaillé chez vous. Joanna non plus n'en a rien dit. En tout cas, pour autant que je sache, elle ne lui a pas rendu visite.

– Joanna ne s'intéressait pas spécialement à elle. Elle prétendait seulement que Léna était une fille à histoires. Moi, je n'ai pas compris pourquoi. J'aimais bien Léna, Peggy aussi l'aimait bien. Je suis contente qu'elle ne soit pas morte, mais il faut qu'elle ait touché le fond du désespoir pour avoir tenté de s'empoisonner, conclut Lilian Palmer dans un souffle.

– Nous ne savons pas encore comment c'est arrivé, dit Inez avec prudence. Le mystère est total. Nous ne serons pas certains de l'origine du malaise tant que nous n'aurons pas le rapport d'analyse.

– Peut-être un incident fortuit? Oh, je l'espère ardemment! dit Lilian avec ferveur. La pauvre enfant! Elle semblait toujours si seule. Pas de foyer, pas de famille ni personne chez qui aller quand elle nous a quittés. Elle ne nous confiait rien. J'ai toujours pensé qu'elle était beaucoup plus instruite qu'elle ne feignait de l'être. J'ai eu l'impression qu'elle jouait délibérément un rôle en prenant cet emploi de domestique... Vous voyez ce que je veux dire?

– Hum... Oui, peut-être avez-vous mis le doigt sur le point important. Moi aussi, je l'ai parfois soupçonnée de jouer la comédie, avoua Inez, surprise de la perspicacité de lady Palmer. Pendant tout le temps que son bébé était en couveuse, elle s'est montrée étrangement agitée, presque névrosée. Elle s'était considérablement calmée ces derniers jours, son état s'améliorait. Normalement, elle aurait pu sortir cette semaine si elle avait su où aller.

– Permettez que je fasse quelque chose pour elle... Par exemple, l'envoyer dans une maison de repos ou en vacances quelque part. Sans qu'elle le sache, bien sûr, dit Lilian dans un sursaut de vivacité. Pourriez-vous arranger cela, Inez? Peu importe ce qu'il m'en coûtera pourvu que ce soit raisonnable.

– C'est très gentil de votre part, mais Léna croira-t-elle en un bienfaiteur anonyme?

– Le Dr Raine ne pourrait-il organiser cela? dit

Lilian en se tournant vers Molly. Il s'entend parfaitement à ce genre de choses.

– Malheureusement, il n'est pas le médecin de Léna. Elle est au fichier de votre gendre, dit Inez. Peut-être pourriez-vous le consulter.

– Oh, non! Impossible! Je ne voudrais pas que Peter soit mêlé à cette affaire. Il gâcherait tout. Ne lui en dites pas même un mot. Promettez-moi...

Lilian s'agitait et les hommes la regardèrent du coin de l'œil, l'air un peu inquiet. Lilian ne suspectait tout de même pas Peter Edmonds d'être impliqué dans les ennuis de Léna?

– Bridgie et Peter traversent une mauvaise passe en ce moment, et Bridgie est tellement contrariée que Léna ait donné le jour à un garçon, poursuivit lady Palmer.

– D'accord, je n'en soufflerai mot. Ce n'est pas mon service, de toute façon, répondit Inez. Vous devriez en parler avec l'aumônier. Peut-être mon père pourrait-il alors vous aider. Allons, vous avez assez parlé pour le moment. Reposez-vous un peu.

6

– Lady Palmer a eu un malaise, semble-t-il. Croyez-vous que nous devons offrir notre aide?

Cecil Larcher, à l'autre bout de la salle de bal, avait averti Patrick dès qu'il avait vu que l'on emmenait lady Palmer dans la serre.

– Inutile. Ce n'est pas notre affaire. Son médecin, mon estimé beau-père, est auprès d'elle, avait répliqué Patrick sans hésiter. Le jeune Edmonds est là-bas aussi. Nous ne ferions que les gêner.

– S'il est une chose que je vous envie, Patrick, c'est que vous savez toujours ce que vous avez à faire, confessa Cecil. Vous n'êtes pas homme à vous laisser tirer à hue et à dia.

– Ma femme vous dirait que personne n'en a jamais l'occasion parce que je ne me laisse pas approcher d'assez près pour cela. J'ai horreur de me mêler des affaires des gens et de leurs émotions exagérées. C'est inné chez moi.

– Passablement méprisant, non? On vous dit dur et sec, mais je sais que c'est faux. En vérité, vous refusez tout engagement parce que vous craignez de vous exposer. Qui vous en blâmerait? ajouta Cecil avec finesse. Certainement pas moi! J'ai suffisamment souffert ces dernières années.

– Et pourtant, vous tendez le cou à la hache.

Cecil sourcilla.

– Pas volontairement, et c'est tout le problème. Vous imaginez sans peine ce qu'a été ma vie. Ermyntrude et moi nous sommes mariés jeunes. Nous avons eu des difficultés au début, mais nous nous aimions sincèrement et nous avons été très heureux, dit Cecil d'une voix émue. Sa maladie fut un coup cruel, mais nous y avons fait face ensemble. Dans un sens, je n'ai pas eu de véritable épouse pendant vingt ans. J'ai parfois ressenti cela comme une frustration.

– Et Joanna? demanda Patrick.

Cecil sourcilla de nouveau.

– En vérité, j'étais flatté qu'une jeune fille séduisante s'intéresse à moi. De là vient que je n'ai pas été aussi ferme que j'aurais dû. Enfin, vous connaissez mon histoire... Je n'aurais voulu blesser Ermyntrude pour rien au monde, et je vous ai été reconnaissant de le faire comprendre à Joanna. (Il soupira.) Ce fut un soulagement pour moi que son départ. Je ne suis pas fait pour mener une double vie; Ermyntrude passait en premier. Elle était comme une enfant, tellement confiante et aimante, et surtout, elle dépendait de moi.

– Je l'imagine aisément.

– Mais en même temps, elle était comme une mère tendrement aimée. Je pouvais discuter de tout avec elle. Elle s'intéressait à mon travail. Elle était sans égoïsme aucun. Comme elle se réjouissait quand je réussissais à faire marcher de nouveau l'un de mes infirmes! Aucune hargne parce que je ne pouvais rien pour elle. Un être ordinaire en aurait été aigri. Franchement, Patrick, je n'ai vraiment vécu qu'à demi pendant ces dix-huit derniers mois sans Ermyntrude.

– Vous avez subi une tension nerveuse considérable jusqu'au dénouement fatal.

L'intonation de Patrick aurait fort surpris ceux qui le prétendaient incapable de gentillesse et de compassion.

– Vous auriez dû prendre quelque repos, ajouta-t-il.

– Je n'avais pas le courage de partir seul. Nous avions fait tant de projets de voyages ensemble, pour plus tard, lorsqu'on aurait découvert un remède miraculeux, répondit Cecil, l'air lointain. Le travail, c'est ce qui m'a fait tenir. La maison était devenue une coquille vide.

Patrick éprouvait quelque remords. A l'époque, Inez avait suggéré d'inviter Cecil à dîner de temps en temps, pensant qu'il devait se sentir bien seul.

Cecil était donc venu, mais très rarement. Il savait que Patrick préférait avoir sa femme pour lui seul pendant les quelques brèves heures qu'il leur était donné de passer en tête à tête.

– Jo dit que je ne peux pas vivre de souvenirs.

Que je puis encore commencer une nouvelle vie, poursuivit Cecil après un moment de silence. Est-ce vrai? Je n'en ai pas l'impression. Dans mon for intérieur, je suis terrifié. J'ai peur d'échouer et de la décevoir. Il y a si longtemps...

– Vous craignez d'avoir passé l'âge du désir sexuel? C'est cela?

– Oui, en partie. Jo n'est plus une adolescente, certes, mais elle est encore assez jeune pour désirer un vrai mari et des enfants. Cette perspective me fait peur, confessa Cecil, désemparé.

– Mais alors, pourquoi vous être laissé entraîner?

– Elle a réussi à me convaincre que j'avais une dette envers elle. Elle jure qu'elle m'a attendu pendant tout ce temps, qu'elle a continué à m'aimer en secret, poursuivit Cecil, l'air gêné. Alors je me suis senti contraint. Jo aurait pu me causer des ennuis; or, elle ne l'a jamais fait.

– Quel avenir y aurait-il eu pour vous ou pour elle si elle avait brisé votre mariage et votre carrière? objecta Patrick. Elle s'est tenue tranquille dans son intérêt autant que dans le vôtre.

– Pas entièrement. Jo se serait moquée des conséquences. Elle était prête à tout affronter.

Cecil semblait en plein désarroi.

– Quand elle est revenue à Saint-Chad, elle espérait que nous redeviendrions amis; elle a pourtant accepté ma décision quand je lui ai dit que c'était impossible. Nous ne nous sommes revus qu'après le décès d'Ermyntrude.

– Et elle s'est accrochée à vous dès ce moment-là.

– Elle a été très gentille, très compatissante, dit Cecil tristement. Et puis, ma solitude me pesait dans la maison déserte au milieu des souvenirs d'Ermyntrude. Patrick, que faire?

Patrick fit une moue. Les deux chirurgiens étaient installés dans un coin retiré, leur verre à la main. Personne ne les avait dérangés. La crise de lady Palmer ayant détourné l'attention de la famille, même Joanna n'avait pas cherché à interrompre leur conversation. Patrick n'oubliait pas que la jeune femme ne lui avait jamais pardonné son intervention d'autrefois ni sa mise en garde brutale.

– Mon cher ami, quel conseil vous donner? répliqua Patrick avec rudesse. Ou bien vous tenez à Joanna et vous voulez sincèrement en faire votre femme, ou bien vous n'y tenez pas.

– Ce n'est pas tout à fait aussi simple. Je tiens à elle, mais je n'arrive pas à voir en elle une épouse. J'ai l'impression qu'avec les années, ce que j'éprouvais jadis pour Jo s'est transformé en une simple affection paternelle, expliqua Cecil d'une voix hésitante.

– Dans ce cas, faites-lui comprendre ce que vous ressentez avant qu'il ne soit trop tard.

– J'ai essayé. Oui, vraiment. Mais elle ne veut

rien entendre. Elle est sûre qu'une fois que nous serons mariés tout redeviendra normal.

– Elle a peut-être raison.

Il y eut un silence. « Que dire d'autre? » se demandait Patrick, fort embarrassé. Cecil attendait-il qu'on le pousse à rompre ses fiançailles? Un homme sensible comme lui serait-il toutefois capable d'affronter les inévitables répercussions qu'entraînerait un tel acte? Surtout après cette célébration tellement grandiose!

– Permettez que j'aille vous chercher un autre verre, dit Patrick. Je crois que vous souffrez surtout d'une bonne « trouille ».

Ce terme presque enfantin fit venir un sourire sur le visage las de Cecil.

– La trouille? Est-ce là votre diagnostic, Mr Elbure?

– Mon cher ami, vous avez une cervelle, que diable! Vous laisseriez-vous vraiment engager de force dans une voie si votre instinct profond vous disait qu'elle ne vous convient pas?

Patrick n'était guère patient d'ordinaire, mais cette fois, il n'y avait aucune irritation dans le ton de son discours.

– Mon idée – ne parlons pas de diagnostic, voulez-vous? – est que vous craignez secrètement d'être déloyal envers Ermyntrude, et c'est cette crainte qui dresse une barrière invisible entre vous et Joanna.

– C'est bien possible.

– Si vous voulez mon opinion, vous n'avez aucune raison de vous torturer. Ermyntrude fut à vos côtés la femme la moins égoïste, la plus aimante et la plus compréhensive, vous-même l'avez souvent répété. Croyez-vous qu'elle se laisserait aller à une jalousie vulgaire dans l'autre monde plus serein et harmonieux où elle est à présent?

Patrick ne mettait pas volontiers à nu ses sentiments et ses convictions intimes; il fallait qu'il fût pleinement conscient des tourments de son ami pour s'y résoudre.

– Je crois que votre femme serait reconnaissante à quiconque briserait votre solitude et vous soutiendrait dans vos responsabilités.

– Vous croyez? dit Cecil lentement. Vous avez mis le doigt sur le point délicat. Vous avez la foi, comme Ermyntrude. La sienne n'a jamais faibli, même à la fin. Moi, j'ai tenté de m'appuyer sur la mienne, mais je me demande parfois...

– Nous nous posons tous des questions à certains moments et c'est alors que la foi intervient. La foi entre en jeu quand nous pratiquons une opération. Nos patients n'ont-ils pas foi en nous? Rien ne prouve que nous puissions faire quelque chose pour eux, et pourtant, ils ont confiance. Alors, pourquoi n'aurions-nous pas foi en la toute-puissance et la pitié de Dieu? N'est-ce pas Lui qui nous permet parfois d'accomplir ce qui ressemble à des miracles?

– Ermyntrude disait aussi cela..., commençait Cecil quand une main autoritaire se posa sur son épaule et le fit tressaillir.

– Comme vous avez l'air grave tous les deux! s'exclama Joanna en défiant Patrick de son regard gris-bleu. Etes-vous en train de prévenir votre ami des pièges du mariage? Vous le pressiez de les éviter, n'est-ce pas?

Patrick n'était guère à l'aise avec les femmes. En outre, il ne se faisait aucune illusion quant à l'opinion de Joanna à son égard. Il ne prit même pas la peine de rétablir la vérité. Il se contenta de hausser les épaules en déclarant qu'il allait chercher un plateau.

– Chéri, pourquoi l'écoutez-vous? demanda Joanna alors que Patrick était encore à portée de voix. Vous savez à quel point il est prévenu contre moi.

– Vous vous trompez, Jo. Entièrement. Il me conseillait au contraire d'oublier mes tourments et de regarder hardiment devant moi. Il pense même qu'Ermyntrude vous serait reconnaissante de briser ma solitude, répondit Cecil.

Joanna eut l'air stupéfaite.

– C'est Patrick Elbure qui dit cela?

– Vous ne le comprenez pas. Vous n'écoutez que vos préjugés. C'est un excellent ami et l'homme le plus sincère et le plus honnête que je connaisse, dit Cecil avec chaleur.

– Moi qui croyais qu'il me haïssait et se méfiait de moi!

Pour une fois, Joanna d'ordinaire si assurée, était décontenancée.

– Ses sentiments personnels envers vous n'ont rien à voir ici, dit Cecil fermement.

Pauvre Joanna! pensa-t-il devant son expression incrédule. Contrairement à Ermyntrude qui ne croyait qu'en ce que chacun avait de meilleur et qui avait le don de révéler les qualités cachées d'un être, Joanna se méfiait du monde entier, même de ses parents et de ses sœurs. C'était une infirmière hautement qualifiée et respectée, mais ses malades se tournaient-elles vers elle quand elles avaient besoin de douceur et de compréhension? On eût dit qu'elle avait étouffé ses sentiments.

Etait-ce sa faute à lui? se demandait Cecil douloureusement. Joanna, autrefois passionnée et impétueuse, s'était-elle aigrie de voir son amour refusé? Pourtant, s'il l'avait déçue, ce n'était pas consciemment. Il avait été clair dès le début : sa femme malade tiendrait toujours la première place dans sa vie; Ermyntrude avait été l'amour de sa jeunesse, un amour qui avait duré plus de vingt ans; après elle, jamais plus il n'éprouverait de sentiment aussi intense pour aucune autre femme. Joanna acceptait-elle ce fait? Ou bien finirait-elle par les détruire, elle et lui, en persistant à exiger plus qu'il ne pouvait donner?

– Peut-être me suis-je trompée sur son compte, concéda Joanna à contrecœur. On raconte que c'est une brute, mais une brute équitable. D'une certaine façon, il me rebute; je le trouve inhumain, froid et dur comme l'acier... et pourtant, il est follement épris d'Inez Raine.

– Inez Elbure, rectifia Cecil machinalement.

– C'est drôle, mais pour nous, elle reste une Raine. Elle a fait carrière en tant qu'infirmière-major Raine. On voit davantage en elle la fille du « gentil Raine » que l'épouse de Mr Elbure, observa Joanna. Je parie que cela irrite son mari.

Vous n'aurez pas ce problème, vous. Saint-Chad oubliera l'infirmière Palmer. Je serai heureuse d'être Mrs Cecil Larcher.

– N'est-ce pas dommage de gâcher vos années d'expérience? risqua Cecil. Vous pourriez travailler à temps partiel.

– Je pourrais, mais...

Joanna se tut subitement. Elle suivait Patrick des yeux; il était arrivé au bar. Elle fronça les sourcils avec inquiétude.

– Regardez! Que fabrique Père? On dirait qu'il harangue notre Mr Elbure.

Cecil regarda en direction de son ami. Il s'alarma aussitôt :

– Patrick montre tous les signes avant-coureurs de l'orage. C'est vrai que sir Jeremy peut être singulièrement ennuyeux et borné parfois. Cela dit avec tout le respect dû à la brillante intelligence dont il fait preuve dans son domaine.

– Ce n'est pas moi qui vous contredirai!

Joanna n'avait aucune illusion sur son père. Bébé vigoureux et turbulent qui aurait dû être un fils, elle incarnait le premier revers de sir Jeremy. Elle le savait depuis toujours. Tandis que Bridget, née après deux fausses couches, était si jolie, si féminine, et ressemblait tant à sa femme adorée, physiquement du moins, que sir Jeremy lui avait donné toute son affection. Peggy avait représenté un nouveau revers encore plus grave, car après elle, Lilian Palmer ne pouvait plus avoir d'enfants. Peggy avait tout de suite été la favorite de sa mère.

Ainsi, Joanna s'était trouvée pour ainsi dire isolée. Son père tout comme sa mère la tenaient inconsciemment à distance.

« Jo me dépasse, elle est trop obstinée », avait confessé lady Palmer à l'époque où Joanna n'était encore qu'une enfant. Plus tard, elle regrettait encore : « Jo est terriblement lucide et ferme dans ses choix. Je me sens stupide et impuissante en face d'elle. Elle refuse de se soumettre aux conventions. Elle méprise les femmes qui ne songent qu'à plaire à leurs maris... »

S'appuyant sur les confidences de Joanna, Cecil en était arrivé à la conclusion qu'elle n'avait probablement pas été une enfant gracieuse, ni jolie. Cependant, lors de son premier stage à Saint-Chad, elle était attirante avec son teint pâle et transparent et sa silhouette harmonieuse. Aujourd'hui, c'était une femme élégante. Elle avait de l'allure. Mais elle n'était pas de celles qui attirent les autres. Pas plus les hommes que les femmes. Sa froideur apparente éloignait d'elle la plupart des gens.

– Il semblerait que Miss Kirtonbury soit intervenue dans la conversation, commenta Cecil.

– Chéri, Patrick nous fait des signes. Venez. Essayons de calmer Père avant qu'il ne piétine la susceptibilité de notre officier principal de Santé, dit Joanna avec à-propos. Sa bonne humeur est fragile.

– Vous croyez que nous faisons bien de nous en mêler?

– Ah, venez! Ne fondez pas comme un poltron, s'impatienta Joanna.

C'était la deuxième fois que son comportement provoquait une de ces réprimandes que l'on adresse d'ordinaire aux enfants, pensa Cecil avec déplaisir. Manquait-il donc à ce point de maturité? Ermyntrude l'avait-elle trop protégé contre le monde extérieur? Etait-ce pour cela que, saisi de panique dès les premières rumeurs à propos de sa tendre amitié avec la jeune infirmière, il avait préféré se tourner vers Patrick pour qu'il vînt à son secours?

Joanna n'avait jamais pardonné cela, Cecil l'avait compris plus tard. Elle avait été humiliée de voir son idylle commentée et disséquée. Il aurait dû trouver le courage de lui parler. S'il avait osé lui expliquer lui-même sa décision, Joanna en eût été moins mortifiée et moins amère. Sans doute. Mais elle ne l'aurait pas écouté. Il avait déjà essayé auparavant.

Joanna lui fit de la main un signe impératif. Il ne put faire autrement que la suivre, comme tiré par une laisse invisible. Romprait-il la laisse s'il se débattait avec suffisamment de force? Ou bien était-il vraiment prisonnier? Tenait-il d'ailleurs à se libérer? Ou bien n'était-il qu'un poltron?

– Si c'est non, pourquoi? C'est ma seule question, disait sir Jeremy dont la voix grondait tandis que son teint s'empourprait encore davantage. Un hôpital de première catégorie et réputé comme Saint-Chad, qui a plusieurs lustres d'existence, devrait pouvoir pratiquer n'importe quelle intervention susceptible de sauver des vies humaines!

– Tout à fait juste; nos succès sont d'ailleurs aussi nombreux que dans n'importe quel autre hôpital de même importance, répondit Patrick d'une voix posée. Mais nous ne sommes pas équipés pour pratiquer des opérations purement expérimentales, et nous n'avons aucune raison de nous équiper en ce sens.

– C'est vrai. Ce serait un déplorable gaspillage des ressources limitées qui nous viennent de la Sécurité sociale, dit Hermione Kirtonbury non sans courage.

En théorie, elle voulait les « mêmes droits pour tous » et l'abolition des « privilèges », mais elle cédait devant les titres et les fortunes acquises à la force du poignet.

– C'est le bien de la majorité qui doit prévaloir, sir Jeremy.

– Fadaises! explosa sir Jeremy. C'est notre hôpital. *Mon* hôpital! Et vous me contez que si je veux que ma femme subisse une transplantation cardiaque, on ne pourra pas la lui faire ici?

– Exactement, dit Hermione avec raideur.

– Eh bien, c'est ce que j'appelle une mauvaise administration! Une honte! Vous prétendez en plus qu'une telle opération ne peut être pratiquée dans aucun hôpital du Devon?

– Exact aussi, répondit Hermione, de plus en plus raide.

– Si vous vouliez bien mettre un frein à votre indignation et m'écouter, vous vous épargneriez de vous monter stupidement la tête pour une question purement théorique, dit Patrick posément. Votre femme n'a pas besoin de transplantation cardiaque, et aucun spécialiste réputé ne songerait à vous conseiller une intervention qui ne peut être qu'un ultime recours. Ce dont a besoin lady Palmer, c'est d'être enfin libérée de son angoisse permanente et de tout surmenage nerveux. Mais cela, vous refusez obstinément de le lui accorder!

– Bon sang, Elbure! C'est vous qui allez me dire ce qu'il faut à ma femme? Je suis capable d'en juger par moi-même, non? Je suis prêt à financer une transplantation cardiaque pour lui donner une nouvelle vie, et vous me dites de n'y pas songer...

– C'est exactement cela! L'état de lady Palmer ne justifie nullement cette expérience insensée qui, étant donné son âge, la précipiterait vers une mort certaine à brève échéance.

– Vous me surprenez, Elbure. Je vous ai toujours soutenu. J'ai toujours été votre ami. Et vous voilà décidé à refuser à ma chère femme un nouveau départ dans la vie...

– Oh, Père, calme-toi, s'il te plaît! intervint Joanna. Tu es en train de te rendre ridicule.

– Moi? Que me dis-tu là? Ridicule...?

Le regard rageur de sir Jeremy se posa sur sa fille aînée.

– Tu ne veux pas que ta mère reçoive un nouveau cœur?

– Certainement pas! Patrick Elbure a entièrement raison. Le cœur de Mère durera encore longtemps à condition toutefois que tu cesses de le mettre constamment à l'épreuve, répliqua Joanna avec fermeté. Tu perds tout ton bon sens dès que tu t'aventures hors de ta sphère. Parce que tu as lu quelques articles sur une ou deux transplantations réussies, tu conclus tout de suite que c'est le dernier chic. Patrick Elbure, Cecil ou Miss Kirtonbury t'assureront que l'on ne bricole pas un cœur comme on bricole ta Rolls!

– C'est exactement cela.

Patrick approuva d'un hochement de tête. S'il manquait quelque chose à Joanna, ce n'était certainement pas le cran. Elle ne se laisserait jamais manœuvrer.

– Pour être clair, lady Palmer est bien plus en sécurité avec son propre cœur qu'elle ne le serait avec celui d'un donneur.

– C'est votre opinion à vous...

Sir Jeremy n'étant manifestement pas convaincu, Joanna revint à la charge :

– Et puis, tu ne pourrais certainement pas contraindre notre mère à subir une épreuve aussi terrible, même si ce genre d'opération était à envisager. Elle n'a pas peur de mourir; c'est la vie qu'elle trouve trop lourde à porter. Père, oublie cette idée folle ou tu vas être la risée de tous.

– Voilà une belle façon de parler à son père!

Sir Jeremy se tourna vers elle, tremblant de rage.

– Il n'y a rien de comique ni de ridicule dans les progrès de la chirurgie cardiaque et c'est déplorable que Saint-Chad soit en retard sur d'autres hôpitaux dans ce domaine.

– Le ministère..., commença Hermione.

Sir Jeremy la fit taire d'un geste péremptoire.

– Qui a besoin des ministères? Ils ne font que couper les cheveux en quatre. Si je finançais la construction d'un bloc opératoire spécialisé et des chambres stériles, si nécessaire, vous sentiriez-vous compétent pour en prendre la direction, Elbure?

– Absolument pas, ce n'est pas mon domaine, répliqua Patrick sans l'ombre d'une hésitation. Encore une fois, et pour me faire bien comprendre, mon intention était de me spécialiser dans la chirurgie du cerveau. C'est ce qui m'intéresse le plus. C'est le nombre de malades relevant du régime de la Sécurité sociale qui m'a amené à me cantonner dans la chirurgie générale. Mon souci principal est d'opérer autant de malades qu'il est humainement possible de le faire. Je n'ai pas le temps, ni l'inclination d'ailleurs, de me consacrer à des travaux expérimentaux.

– Sans expérimentations, on ne ferait pas de progrès, dit sentencieusement sir Jeremy. Moi, dans mon travail, je dois constamment tester de nouvelles idées. Bah, c'est bon! Une fois le bâtiment construit, je trouverai bien l'homme qu'il me faut. D'accord, Miss Kirtonbury?

– A mon avis, sir Jeremy, vous seriez singulièrement fou de dépenser une fortune dans un tel projet, répliqua Hermione. Considérez le coût d'une transplantation cardiaque qui n'a guère plus de cinquante pour cent de chances de réussir, et considérez en regard combien de vies d'enfants handicapés vous pourriez aider avec cette somme. C'est plus important de donner à des enfants la possibilité d'avoir un avenir que de prolonger la vie d'un être âgé!

– Considérez également combien de gens au seuil de la vieillesse souffrent inutilement faute d'un traitement orthopédique correct, risqua Cecil. Par exemple, la liste de ceux qui attendent une opération de la hanche ne cesse de s'allonger.

– Plus important, bien sûr, mais tellement moins spectaculaire, s'écria Joanna sur le ton de la provocation. Père fait tomber son argent là où il fait le plus de bruit!

– Tu es injuste et méchante. C'est une question de prestige, lança sir Jeremy.

– Le prestige?... Qu'est-ce que le prestige comparé aux besoins urgents des mères et des bébés? intervint Hermione. Nos salles de maternité sont vétustes et totalement inadaptées. Nous manquons de lits au point que nous sommes obligés de renvoyer les mères alors qu'elles sont à peine capables de se débrouiller seules.

Hermione se modéra, subitement consciente de ce qu'elle était en train de faire. Avec son teint rosé, ses yeux luisants et sa fine silhouette, elle surprenait tout à coup. Patrick, d'abord hostile et méfiant car il abhorrait les fanatiques de l'organisation et les technocrates, dut reconnaître qu'elle avait le courage de ses opinions. Il devinait derrière la raideur et le vernis de cette femme les cicatrices de ce qu'elle appellerait probablement une enfance « non privilégiée » ou « frustrée ».

– C'est vrai, renchérit Joanna avec force. Certaines mères sont incapables de se débrouiller seules; elles n'ont jamais appris. Plus concrètement encore, Père, ta propre fille a de sérieux problèmes à la suite de sa dernière maternité. As-tu seulement pris le temps d'examiner Bridget de près ce soir? Elle est au bord de la dépression nerveuse.

– Quoi? Une dépression nerveuse? Notre petite Bridget? s'écria sir Jeremy avec emportement. Qu'a-t-elle? Elle manque d'argent?

Joanna avait réussi à détourner l'attention de son père.

– Pourquoi ne pas lui demander toi-même? Elle ne se confie jamais à moi, dit Joanna sur un ton brusque. Ni à Peter.

Pour la première fois depuis que Hermione assumait ses fonctions à l'hôpital, Patrick éprouvait comme un sentiment de compagnonnage à son égard. Inez accusait souvent son mari de se désintéresser totalement des individus en tant que tels, mais il n'était pas dépourvu de sensibilité quand il voulait bien faire l'effort de comprendre autrui. Il se faisait à présent une image mentale de l'enfant Hermione, sans grâce, maladroite, les traits trop anguleux, un corps trop maigre qui ne savait comment se tenir, des petits yeux noirs luisant comme ceux d'un oiseau, affichant une expression de défi pour annoncer à sa famille son intention de devenir infirmière. Elle avait dû affronter ses professeurs de cette même manière raide, sans charme mais décidée.

Pourquoi était-elle devenue une organisatrice, une administratrice, plutôt qu'une infirmière? Hésitait-elle aussi à s'engager personnellement avec les gens? Les contacts humains lui répugnaient-ils autant qu'à lui? Tout son comportement indiquait qu'elle ne faisait rien pour séduire. Ses cheveux noirs étaient tirés en arrière sans souplesse, ce qui ne contribuait nullement à adoucir son visage pointu. La monture de ses lunettes, très lourde, lui donnait sans doute un air d'autorité mais ne convenait pas à une figure aussi mince. Sa robe était belle, mais elle ressemblait à une armure.

Nulle douceur apparente chez cette femme, et cependant, n'y avait-il pas quelque chose de profondément maternel dans son plaidoyer en faveur des enfants malheureux? N'avait-elle pas arbitrairement muté en maternité l'une des jeunes infirmières les plus compétentes et les plus énergiques de Saint-Chad?

Sir Jeremy tenait son aînée sous le feu de ses questions que Joanna éludait adroitement. Il avait oublié, au moins momentanément, ses projets grandioses. Hermione s'agitait, embarrassée, comme si elle avait surpris une conversation qui ne la regardait pas. Elle connaissait à peine Bridget Edmonds et n'avait vu sir Jeremy que dans son rôle de président du Conseil d'administration.

– Venez, Miss Kirtonbury. Permettez-moi de vous emmener boire un verre, dit Patrick.

Elle se tourna vers lui avec un sourire sincèrement chaleureux.

– Merci, Mr Elbure. J'ai la gorge sèche à force de parler dans cette atmosphère surchauffée. Faudra-t-il rester encore longtemps?

Patrick eut l'impression d'avoir devant lui la petite Hermione maladroite d'autrefois.

– Sans doute jusqu'à ce que notre hôtesse se soit remise et que nous puissions prendre congé d'elle.

– Remise? s'étonna Hermione.

– Elle vient de faire une légère crise d'angine de poitrine. Je suppose que c'est ce qui a provoqué l'éclat de sir Jeremy.

– Oh... Je ne savais pas.

Hermione se tut, ne sachant trop ce qu'on attendait d'elle en la circonstance. Patrick saisit deux verres sur le plateau d'un serveur qui circulait et, d'un accord tacite, tous deux se dirigèrent vers la grande fenêtre.

– Aucune raison de s'alarmer. Le Dr Raine était auprès d'elle au moment voulu, et ma femme est restée à ses côtés, dit Patrick distraitement. (Il regardait Cecil qui se tamponnait le front, momentanément seul pendant que Joanna discutait avec son père.) Le problème, reprit-il, c'est que sir Jeremy fait peser une charge beaucoup trop lourde sur les frêles épaules de son épouse. C'est un homme brillant dans son domaine, mais un tyran redoutable en famille.

– Rien d'exceptionnel à cela. Les pères peuvent perdre toute sagesse dès qu'il s'agit de leurs filles, répliqua Hermione avec émotion. Cette réception, entre autres, fait songer à un mariage plus qu'à des fiançailles.

– Oui. Sans le malaise de sa femme, sir Jeremy aurait déjà fait une annonce officielle. Attendons. Nous porterons ensuite un toast aux futurs époux et nous pourrons nous éclipser enfin, dit-il avec cynisme. A mon humble avis, tout cela est un vaste gaspillage de temps, mais il est vrai que les gens adorent ce genre de festivités.

– Un déplorable gaspillage d'argent, surtout. Avec ce qu'a coûté cette soirée, combien d'enfants auraient pu jouir d'une journée, voire d'une semaine de vacances à la campagne! répliqua Hermione.

– Apprécieraient-ils vraiment la campagne? Les grands espaces libres et la vie sauvage ne les effaroucheraient-ils pas? Peut-être préféreraient-ils une séance de cinéma avec cornets de chips et glaces!

– Le cinéma attire peu les enfants saturés de télévision. La campagne leur donne une nouvelle vision du monde; c'est un stimulant d'un autre genre. Il y a des enfants qui n'ont jamais respiré l'air pur, ni mangé d'œufs tout frais pondus, ni couru dans un champ, ni vu traire une vache.

Percevant l'émotion difficilement contenue malgré le ton maîtrisé de la voix, Patrick considéra son interlocutrice avec un intérêt renouvelé. Il se demandait si sa première découverte de la campagne avait revêtu autant d'importance pour elle.

Elle détourna la tête, comme si elle avait deviné sa pensée.

– Merci, dit-elle. Je crois que je devrais circuler à présent. Je n'ai pas encore eu l'occasion de féliciter Mr Larcher.

Hermione Kirtonbury avait retrouvé son formalisme habituel.

7

– Comment se fait-il que l'infirmière-major ne m'ait pas chassé avant de partir? demanda Sean d'un ton goguenard. M'encouragerait-elle à faire la cour à la plus jolie de ses infirmières?

– Elle était pressée...

« Quelle épouse ne le serait pas quand son mari bat le rappel sur ce ton? pensait Billie, mal à l'aise. Quelle femme oserait braver un mari comme Patrick. Ou flirter même un instant? » Inez n'était nullement tentée de suivre l'une ou l'autre voie. C'était clair. Elle était profondément amoureuse de cet homme. Jamais elle ne montrait le moindre intérêt envers un autre. Ce qui ne l'empêchait pas de se dépenser sans compter dans son travail. C'était là ce qui provoquait des éclats quelquefois.

Si Patrick rentrait chez lui et qu'Inez ne fût pas encore de retour, il se comportait comme une panthère en cage. Il n'entreprenait rien. Il daignait à peine prendre note des tentatives de Billie d'engager la conversation ou de ses offres d'en-cas à grignoter et de rafraîchissements. Tout son être était tendu, dans l'attente.

Quand elle apparaissait enfin, il la pressait de monter « se changer » et la suivait. Il se passait le plus souvent quelque temps avant qu'elle resurgisse, radieuse. Billie soupçonnait malicieusement qu'ils ne dilapidaient pas leur temps en récriminations futiles. Non. Patrick faisait simplement valoir son droit de propriété... ses droits conjugaux, comme on dit.

Dévisageant songeusement l'homme qui avait hanté ses rêves et lui avait fait quitter le Canada, laissant son regard glisser sur cette chevelure de flamme, ces traits incisifs, ces yeux vert-bleu, ce long corps mince, Billie ne parvenait pas à imaginer Sean O'Halloran dans le rôle du mari possessif, malgré son assurance parfois arrogante. L'idée d'un Sean faisant valoir ses « droits conjugaux » la fit sourire.

– Qu'y a-t-il de drôle?

– Oh, rien, une idée...

– Laquelle?

– Vous ressemblez curieusement à Patrick Elbure par certains côtés, mais vous êtes totalement différent par d'autres. Je ne vous vois ni en mari soumis à sa femme ni en époux possessif.

– J'espère bien n'être jamais rien de tout cela. C'est comme cela qu'il est, lui? J'aimerais avoir son habileté continua Sean, mais je ne voudrais pas me colleter avec une fille aussi indépendante que l'infirmière Raine.

– Vous préféreriez le genre fondant qu'on serre dans ses bras, et bonne ménagère?

Il secoua la tête.

– La bonne ménagère risque d'être ennuyeuse. Pas de conversation. Ni ruades ni étincelles.

– Avec des ruades et des étincelles, vous vous engagez inévitablement dans une compétition, et vous n'aimez pas cela non plus.

– Sûrement pas. Un homme a besoin de compter sur son épouse une fois pour toutes!

– A vrai dire, vous n'êtes pas pressé de vous marier, hasarda-t-elle.

– Pas spécialement, en effet.

Il reposa sa tasse avec brusquerie.

– Je vais jeter un dernier coup d'œil sur ma malade avant de m'en aller.

Il était donc toujours décidé à la tenir à distance. Peut-être était-ce mieux ainsi? Quel bonheur durable pouvait-il y avoir pour l'un et l'autre? Elle était née douce comme le miel. Elle ne saurait jamais réfréner sa nature impulsive et aimable. Elle ne pouvait pas s'empêcher d'aimer les gens et d'aller vers eux. Elle ne pouvait pas réprimer son amour inné de la couleur, de la gaieté et du mouvement.

Les circonstances avaient fait de Sean un être dur et querelleur, une espèce de rebelle. Ce qui ne l'empêchait pas d'être en même temps un idéaliste et un romantique. Un caractère complexe, ce Sean O'Halloran. Billie s'apercevait avec douleur qu'il ne serait pas facile à vivre.

Quand il fut parti, elle resta immobile près du lit de Léna, regardant avec compassion le petit visage las, d'une séduction mystérieuse quand elle souriait. Comme elle paraissait anxieuse et désarmée!

Léna Hickory était un cas très à part; Billie s'en était aperçue depuis quelques jours. Au début, elle l'avait crue aussi ouverte et impulsive qu'elle-même. Et puis, elle s'était révélée réticente et secrète; elle repoussait toute tentative d'approche; elle refusait le contact avec les autres mères. Elle ne recevait ni n'écrivait. Personne ne s'asseyait au bord de son lit aux heures de visite.

Quelque chose n'allait pas. Quelque chose en elle sonnait faux, selon l'opinion longuement mûrie de Billie. Léna avait une nature espiègle et chaleureuse. Billie le sentait. Mais Léna avait revêtu une armure. Pourquoi? De qui ou de quoi se cachait-elle?

Même sa façon de parler était bizarre. Elle parlait avec l'accent du Devonshire dans ses rares échanges avec les infirmières et les autres patientes, mais Billie trouvait cet accent forcé, et de fait il disparaissait dans les moments de tension. Léna n'était pas une parfaite actrice; elle n'était pas très sûre de son rôle.

– Vous vous sentez mieux maintenant? demanda Billie doucement.

Un frisson secoua la forme mince.

– Ai-je vraiment été... empoisonnée? murmura-t-elle.

– Vous avez absorbé quelque chose qui vous a rendue malade, vous êtes peut-être allergique à une substance quelconque..., dit Billie avec circonspection.

Léna remua la tête en un faible signe de dénégation. Même la chaude couleur gingembre, si rare, de ses cheveux bouclés avait perdu son éclat de feu. Ils étaient moites de sueur.

– Il n'a pas pu... Il n'aurait jamais essayé de me tuer. Je n'y croirai jamais..., dit-elle d'une voix éteinte. Ce doit plutôt être elle... je sais qu'elle me hait.

– Qui? Qui vous hait, Léna?

De nouveau elle eut un faible mouvement de tête. Les paupières veinées de bleu, presque translucides, s'abaissèrent.

– Tellement fatiguée... tout est confus... Incapable d'une idée claire, murmura Léna.

– Vous avez besoin de dormir. Détendez-vous...

C'était l'infirmière qui parlait en Billie. Elle arrangea les oreillers et remonta les draps. Le détective en elle avait envie de mettre à profit les nerfs ébranlés de la jeune femme pour obtenir quelques réponses par surprise.

Mais la harceler maintenant aurait été cruel. De plus, dans l'état de faiblesse où elle se trouvait, la forcer à affronter certaines vérités ou à exprimer certains soupçons était de nature à l'ébranler davantage. Du temps de l'incompétente Airdrie, on avait déclaré Léna hystérique et névrosée. Certes, c'était au moment où la vie du bébé était encore menacée, mais Léna ne risquait-elle pas de retomber dans cette dépression si on la bousculait trop rudement?

Comme Billie hésitait, l'infirmière-chef Cranston, énergique et capable mais imbue de ses responsabilités, arriva en coup de vent.

– Infirmière, on vous demande. La patiente est

bien installée? Parfait. Le Dr Denyer vient de téléphoner pour annoncer l'arrivée d'une urgence. La femme a fait une chute et le bébé va naître. Préparez-la immédiatement pour la salle d'accouchement...

– C'est peut-être une fausse alerte?

– Certainement pas. Le Dr Denyer le saurait. Nous nous en assurerons tout de même avant d'appeler Mr Walters, dit Brenda Cranston d'un ton bref.

– Nous ne trouverons pas Mr Walters chez lui; il doit être à la réception des Palmer avec toutes les personnalités locales.

– Nous verrons bien ce que dit Mr Denyer. Au travail!

L'infirmière-chef Cranston était en maternité depuis une semaine seulement. Probablement en savait-elle peu sur Léna Hickory. Les patientes se succédaient rapidement. La majorité des mères séjournaient une semaine, mais quelques-unes sortaient après quarante-huit heures. Léna était un cas exceptionnel.

Une autre exception était Mrs Parvis, qui avait largement dépassé la trentaine et qui venait d'accoucher de son sixième enfant. Son séjour se prolongeait à cause d'une jaunisse. Mrs Parvis ou une autre « ancienne » aurait pu remarquer ce qui avait provoqué le malaise de Léna. Elle occupait le lit voisin, et les deux femmes avaient plus ou moins sympathisé. Pourquoi ne pas questionner Julietta Parvis? se demandait Billie. Car enfin, il était de première importance de découvrir comment Léna avait absorbé cette dose d'herbicide.

Léna ne suspectait pas le père du bébé, mais une mystérieuse « elle ». Qui était cette « elle »? L'épouse trompée et jalouse du père?

Billie faisait machinalement les préparatifs pour la parturiente annoncée. Cette nuit serait probablement encore une « nuit extraordinaire ». L'intermède avec Sean dans le bureau de l'infirmière-major avait troublé Billie. Il lui faudrait de plus affronter Christopher Denyer, l'associé du Dr Raine, resté veuf avec un fils dans des circonstances dramatiques.

Pour Billie, Christopher Denyer était l'un des hommes les plus séduisants et les plus aimables qu'elle eût jamais rencontrés. Elle avait éprouvé une forte attirance pour lui dès leur première rencontre. Ensuite, elle l'avait vu très souvent au cours de ses premières semaines dans le Devon. Pour soulager sa femme qui supportait très mal sa grossesse, Billie s'était portée volontaire pour la remplacer comme réceptionniste du cabinet que Raine et Denyer partageaient à West Wheystone.

Loin de lui en témoigner de la gratitude, Rosemary Denyer avait pris en mauvaise part l'aide de Billie. Rosemary était d'une jalousie morbide, possessive à l'égard de son mari. C'était même cette jalousie pathologique qui avait provoqué sa mort. Le bébé avait pu être sauvé grâce à l'intervention de Billie. Il était donc naturel qu'elle portât un vif intérêt au petit Chris; naturel aussi que le grand Christopher s'intéressât à son tour à la jeune fille, en toute amitié.

Si elle n'était pas tombée irrémédiablement amoureuse de Sean O'Halloran dès l'époque de leurs études, elle aurait peut-être aimé Christopher Denyer. Elle éprouvait pour lui une amitié sincère. Depuis qu'elle était affectée au service de nuit, elle allait souvent encore à West Wheystone, distant de Saxham de quelques miles, pour assurer l'accueil des clients aux consultations du matin. Elle dormait l'après-midi.

« Cela va être rude pour vous », avait averti Inez. Mais Billie lui avait assuré qu'elle était plus solide qu'il n'y paraissait et qu'elle tiendrait le coup jusqu'à ce que les associés aient trouvé une réceptionniste permanente.

Après les consultations, elle prenait le thé de onze heures avec Molly et jouait un moment avec le petit Chris dont l'épouse du docteur s'occupait provisoirement. Christopher avait été très ébranlé par la mort de sa femme. Il ne s'en était pas encore remis et n'avait encore rien envisagé quant à son avenir. S'il n'avait tenu qu'à lui, il n'aurait pas eu d'enfant. Mais Rosemary voulait un fils, témoignant même d'une violence farouche dans son exigence. Christopher n'éprouvait pas de véritable affection pour le bébé.

Depuis le drame, il ressentait une anxiété confinant à la phobie dès qu'il était question de grossesse. Aussi abandonnait-il ces cas à son patron et associé toutes les fois que cela était possible. Toujours compréhensif, le Dr Raine acquiesçait. Seules quelques jeunes futures mères tenaient à rester avec le Dr Denyer, leur grand favori.

Christopher avait discuté franchement avec Billie de son état de tension. Les gens se confiaient volontiers à elle; trop souvent même à son gré, car c'était finalement sa propre tranquillité d'esprit qui s'en trouvait menacée.

– C'est momentané, avait-elle dit à Christopher pour le rassurer. C'est une réaction normale après une crise grave.

– Oui, je sais, mais en attendant j'ai les nerfs à vif et je m'attends toujours à voir s'effondrer les femmes enceintes qui me consultent, avait-il avoué, l'air malheureux.

Ce soir-là, le Dr Raine étant chez les Palmer, il n'y avait eu aucune échappatoire possible pour Christopher. Ses yeux d'un bleu presque aussi clair que ceux de Billie exprimaient une fatigue extrême. Contrairement à Patrick Elbure, et même à Sean d'un genre plus désinvolte et rugueux, Christopher n'était pas un bel homme. Cependant, avec ses traits sans finesse, ses cheveux blonds, son teint clair et sa stature gracile, il était inexplicablement attirant. A cause de son sourire spontané et chaud dès l'abord? Christopher était par nature un être jovial et facile à vivre, un caractère placide. Aucune aspérité, rien d'intense chez lui, au contraire de Sean. Christopher ne recherchait pas les confrontations. Son instinct le poussait plutôt à les éviter.

Il s'engouffra en hâte dans la maternité, comme écrasé par les soucis. Sa physionomie s'éclaira cependant dès qu'il aperçut Billie.

– Je l'ai laissée dans ma voiture. Pas de brancardiers pour me donner un coup de main!

– Ah! Je parie qu'ils manifestent contre les heures supplémentaires! Elle ne peut pas marcher?

– Elle clopinait en allant à la voiture. Je n'en sais rien. Je pense qu'elle est simplement contusionnée et secouée. Elle a dévalé quelques marches sur le dos. Deux ou trois seulement, mais je ne sais pas si sa colonne vertébrale n'est pas atteinte.

– Vous vous agitez trop, dit Billie, feignant la sévérité. Si elle a pu clopiner, c'est qu'il n'y a rien de grave. Je vais vous aider. Détendez-vous.

Ils entrèrent dans l'antique ascenseur de la maternité, et Christopher ne résista pas au désir de passer un bras autour des épaules de la jeune fille.

– Si menue et pourtant si solide, s'étonna-t-il. Vous avez l'air d'une poupée de porcelaine, mais vous êtes une vraie femme, Billie.

Elle posa une main ferme sur la sienne.

– Je crois être assez solide, en effet, dit-elle tranquillement. Qui est cette femme?

– C'est la femme d'un fermier, une brute insensible qui dit que « la naissance est une chose de la nature et qu'il n'y a pas à faire tant d'histoires ». La femme ne sait pas conduire; elle en est réduite à prendre des cars, de sorte qu'elle n'a vu le Dr Raine que deux fois au cours de toute sa grossesse. Je n'aime pas beaucoup sa mine...

Billie non plus n'aima pas la mine de la jeune

femme. Elle n'avait guère plus de vingt ans; elle était beaucoup trop forte et respirait péniblement. Elle était affalée sur le siège du passager, les larmes coulaient lentement de ses paupières à demi closes. Ce ne fut pas aisé de l'extraire de la voiture. Inerte, elle se laissait aller entre Christopher et Billie comme une poupée de chiffon.

– Allons, petite madame. Encore un effort, et nous allons vous installer confortablement, dit Christopher.

– « Un effort, Polly! Ressaisis-toi, Polly! On dirait une petite fille... » C'est tout ce que j'entends depuis des mois, murmura-t-elle d'une voix hargneuse. J'ai envie de hurler, de pleurer à n'en plus finir.

– Pas maintenant, je vous en prie! dit Billie entre ses dents. Nos patientes sont presque toutes endormies. Vous ne voulez pas les réveiller?

– Et alors? Lui, il se fiche pas mal de me déranger. Me traite comme une de ses laitières, sauf qu'il n'attend pas de ses vaches qu'elles fassent la cuisine et le ménage ni qu'elles engraissent la volaille. Je vous dis que j'ai cru mourir...

– Oui, dites-nous ce que vous avez ressenti, répliqua Billie avec sa présence d'esprit coutumière. Vous étiez comme étourdie?

– Oui, des nausées épouvantables, et envie de boire n'importe quoi, hoqueta Polly. Ron est fou de rage parce que je me lève plusieurs fois la nuit; ça le réveille. Est-ce ma faute?

– Pourquoi n'avez-vous pas fait appeler le Dr Raine? demanda Christopher, exaspéré.

– Ron n'a pas permis. D'après lui, c'étaient des histoires, des bêtises, rien que les nerfs, pleurnicha Polly. Il est dur, vous savez. Oh... Oh... Cette douleur me tue...

Ils purent enfin la mettre dans l'ascenseur. Elle était affaissée entre eux, les unissant en une intimité bizarre. Billie ressentait avec acuité la présence de Christopher. L'idée lui vint subitement que, devenue l'épouse de Christopher Denyer, elle partagerait sa vie comme elle ne partagerait jamais celle de Sean. Elle participerait à la vie professionnelle de Christopher. Elle connaîtrait ses malades qui s'adresseraient à elle comme à « l'épouse du docteur », lui racontant leurs espoirs et leurs craintes.

Christopher lui parlerait de son travail. Il ne chercherait pas à l'en exclure. Il n'aurait jamais l'air condescendant de celui qui plane sur les hauteurs glacées. Ils chemineraient côte à côte, la main dans la main.

Sean ne verrait jamais en elle une égale. Elle serait son épouse, sa possession jalouse, à surveiller étroitement. Tout prétexte lui serait bon pour la soupçonner. Si elle s'avisait de sourire à un autre homme, Sean ferait une scène.

Pas de querelles de ce genre avec Christopher. Il ne lui viendrait pas à l'idée que sa femme pût le tromper. Il n'était pas vaniteux, mais il savait qu'il plaisait aux femmes. Ce qui l'embarrassait le plus souvent car il n'avait rien d'un coureur de jupons. Il avait jeté son dévolu sur une fille tout au début de ses études. Elle s'appelait Inez Raine et jamais il n'avait varié dans ce choix.

Un homme plus décidé et plus audacieux se serait déclaré sans attendre. Lui, prudent et décontracté, persuadé qu'il serait toujours temps, voulait avoir un toit à offrir à sa future épouse. Devenu l'associé du père d'Inez, il avait pensé sans doute qu'il touchait au but. Hélas! Christopher avait à peine posé le pied à West Wheystone qu'Inez Raine rencontrait Patrick Elbure.

Elle n'avait pris aucun engagement envers Christopher. Furieux mais désemparé, il n'avait pu que regarder Patrick l'emporter dans ses bras. C'était Molly Raine qui avait raconté toute l'aventure à Billie, Molly qui ne cessait de regretter en secret que Christopher, qu'elle aimait sincèrement, ne fût pas devenu son gendre.

Billie s'était alors demandé si Rosemary n'avait pas été un dernier recours pour Christopher, et si, l'intuition lui en étant venue, ce n'était pas ce qui avait dénaturé l'amour et la foi de Rosemary. Aucune femme ne serait jamais à la hauteur d'Inez aux yeux de Christopher. Inez aurait toujours pour lui l'éclat et le prix des choses inaccessibles.

Toutefois, Christopher avait du sens pratique. Il n'était pas homme à pleurer éternellement sur un amour perdu ni à se rencogner. Il aurait pu vivre en un compagnonnage agréable, heureux même avec Rosemary. C'étaient les scènes et les soupçons perpétuels de sa femme qui avaient gâché leur mariage. Molly Raine s'était exprimée avec netteté là-dessus :

« Chris est un brave garçon, foncièrement gentil, doux et digne de confiance. Il n'aurait jamais abandonné ni trompé une femme. C'est Rosemary qui lui a fait une vie épouvantable. Pauvre garçon! Il mériterait un peu de vrai bonheur maintenant... »

Molly n'avait pas été plus loin. C'était inutile, car Billie avait l'esprit vif. Molly était prête à favoriser une idylle entre sa nièce par adoption et l'homme en qui elle voyait un substitut au fils qu'elle n'avait pas eu.

Billie n'avait ni encouragé ni découragé ce rêve. Comme Christopher, elle était consciente de ses qualités. Il était attiré par elle; ils s'étaient sentis à l'aise ensemble dès leur première rencontre. Ils se ressemblaient dans une certaine mesure. Tous deux étaient d'un naturel gai et optimiste, tous deux aimaient à plaisanter et rire, tous deux avaient opté pour la couleur et le mouvement et pour les aspects plaisants de la vie. Ils n'avaient aucun goût pour les scènes sordides, ni pour les missions grandioses, ni pour les combats à l'épée. Les défis qui excitaient des hommes comme Patrick et Sean n'étaient pas pour eux.

– Allons, Mrs Teniot...

Christopher était aimable et apaisant comme à son habitude, mais son expression disait clairement qu'il aurait souhaité être ailleurs.

– Calmez-vous, essayez de vous détendre...

– Ne me faites pas rire!

Les traits de la lourde et juvénile Polly se tordirent en une grimace.

– Je suis à l'agonie et il me dit de me relaxer...

Les yeux anxieux de Christopher cherchèrent ceux de Billie. Elle le gratifia d'un chaud sourire où passait une nuance d'affection maternelle. Christopher devait être son aîné d'une dizaine d'années, mais il restait quelque chose du petit garçon en lui. C'était probablement ce qui avait touché le cœur de Molly Raine, la plus maternelle des femmes, et qui avait dû souvent exaspérer Inez qui, elle, n'était pas particulièrement maternelle par nature.

– Nous ferions peut-être bien d'alerter Walters, qu'en pensez-vous? demanda Christopher à voix basse.

Graham Walters était le gynécologue en chef de Saint-Chad. Si Christopher pensait qu'il était bon de l'appeler, c'était évidemment qu'il jugeait que Polly Teniot aurait besoin d'une césarienne. Peut-être avait-il raison, mais il pouvait aussi s'inquiéter à tort. Parce que Rosemary était morte à la suite d'un accident, Christopher craignait que toutes les chutes, même les plus banales, fussent fatales.

– Mettons-la d'abord au lit, temporisa Billie. Mr Walters ne sera pas content si nous l'éloignons sans motif de chez les Palmer.

Elle n'osa pas ajouter « encore une fois », mais Christopher comprit. En effet, au cours des quinze derniers jours, il avait réclamé deux fois la présence de Mr Walters, et pour s'entendre dire dans les deux cas par le gynécologue irascible que l'accouchement était absolument normal. Graham Walters n'était pas patient. Il était connu pour son tempérament vif et son franc-parler. Il méprisait ouvertement le genre « médecin de chevet ». En une autre occasion, il n'avait pas dissimulé le peu de cas qu'il faisait du Dr Denyer et de ses diagnostics.

– Bon, d'accord, mais...

Christopher passa la main dans ses cheveux blonds, l'air tourmenté.

– Où est Inez... l'infirmière-major Raine? A cette maudite réception, elle aussi?

– Eh bien, oui. C'est l'infirmière-chef Cranston qui est de service.

Gémissant et craquant, le vieil ascenseur atteignit enfin l'étage de la maternité. Polly Teniot, pliée en deux, sanglotait et poussait de petits cris plaintifs. Brenda Cranston vint les aider.

Il fut bientôt évident que la chute avait aggravé l'état de Polly Teniot. Tension dangereusement élevée, reins douloureux : Polly glissait dans une espèce de coma.

– Sean O'Halloran est de permanence, dit Billie. Dois-je l'appeler?

– Ce jeune agitateur? bougonna Christopher. Je préfère que l'on appelle Graham Walters. Inutile de prendre des risques.

Billie aurait pu objecter que Sean avait l'esprit vif et que sa compétence était incontestable; mais cela aurait pris un temps précieux. Ce fut Brenda Cranston, qui avait un faible marqué pour Christopher mais n'aimait pas Sean, qui répondit avec empressement :

– Oui, docteur, vous avez raison. Infirmière Primmer, faites le nécessaire. Appelez d'abord le domicile de Mr Walters.

Billie n'avait d'autre alternative que d'obéir. Brenda était sa supérieure, et c'était elle qui assurait la permanence. Billie n'était qu'une nouvelle venue et l'on parlait encore d'elle comme de « la jolie Canadienne », bien que ses parents fussent tous deux natifs du Devon.

Elle s'élança donc dans le bureau de l'infirmière-major, chercha le numéro de Mr Walters et le composa. Seule la sonnerie lui répondit. Les Walters étaient encore à la réception.

Elle fit alors le numéro des Palmer et ce fut une voix affectée, très cérémonieuse qui répondit. Lady Palmer était souffrante et « invisible ». Sir Jeremy était auprès de ses hôtes et également « invisible ». On pouvait toutefois prendre un message...

La personne qui répondait ne savait rien d'un Mr Graham Walters. Il y avait tant d'invités !

– C'est l'hôpital ici... Saint-Chad. C'est terriblement urgent. Il faut absolument que nous prenions contact avec Mr Walters, dit Billie d'une voix pressante.

On se déclara « sincèrement désolé » mais on doutait qu'il fût possible de trouver Mr Walters parmi cette foule considérable. « Sir Jeremy n'aimerait pas qu'on appelle un invité par haut-parleur, comme dans un hall d'hôtel. »

– Dans ce cas, pouvez-vous appeler l'infirmière

Palmer, je vous prie? Miss Joanna Palmer? Dites-lui qu'il y a une urgence en maternité.

On acquiesça. Il y eut un long silence. Billie s'impatientait. Elle avait l'intuition qu'il n'y avait pas de temps à perdre pour sauver le bébé de Polly Teniot. Il était rare qu'elle eût un tel pressentiment du danger.

Les secondes s'écoulaient lentement. Au bout d'un moment, Billie eut envie de raccrocher et de retourner en hâte dans la salle d'accouchement pour persuader Christopher d'appeler Sean. C'était de la folie de perdre ainsi son temps!

C'était elle et Sean qui avaient aidé à naître le fils de Christopher. Pourquoi donc ce préjugé persistant contre le jeune interne? Parce qu'il n'avait pas pu sauver Rosemary? Mais même le « grand homme », comme Sean surnommait Patrick Elbure, n'aurait pu la sauver; sa colonne vertébrale était brisée. Ç'avait déjà été un miracle que le bébé survive.

– Oui? Qui est à l'appareil? (La voix froide et incisive semblait mécontente.) Ici Joanna Palmer.

– Ah, infirmière-major Palmer! dit Billie avec un immense soupir de soulagement. Ici infirmière Primmer, maternité. Nous avons une urgence sérieuse. Pourriez-vous joindre Mr Walters pour nous?

– Mr Walters? Oui, je pense qu'il est quelque part par là. Mais il n'est pas de permanence ce soir.

– Non, mais nous avons besoin de lui de toute urgence pour une césarienne.

– Qui le réclame? Une cliente privée?

– Oh, non! La patiente s'appelle Mrs Teniot. Elle a fait une chute et il y a des complications. Le Dr Denyer insiste pour que Mr Walters la voie...

– Mr Denyer? (Le ton de Joanna devint glacial.) C'est une malade à lui? Je ne pense pas qu'il puisse attendre de Mr Walters qu'il arrive à son coup de sifflet. Vous avez sans doute un chirurgien de service...

Joanna avait raison, évidemment.

– Cette fois, il semble que ce soit vraiment très grave, et le Dr Denyer pense que Mr Walters est le seul qui soit capable de... Je vous en prie, infirmière-major, pouvez-vous le prier de venir?

– Je le peux, bien sûr, dit Joanna avec une hésitation manifeste. Espérons seulement que Mr Walters sera ému de la confiance touchante du Dr Denyer. Personnellement, si j'étais la patiente, je préférerais m'adresser à un homme plus jeune et plus rapide dans ses réactions.

– Je suis tout à fait d'accord avec vous, dit Billie impulsivement. Mais...

Elle entendit le léger éclat de rire de Joanna et ce fut de nouveau le silence. Billie tambourinait sur le bureau tant son impatience était grande. Puis elle entendit enfin la voix bourrue et mécontente du gynécologue en chef.

– Allô! De quoi s'agit-il? Qui a si grand besoin de mes services?

Billie fit une réponse aussi flatteuse que possible mais qui manqua son but.

– Le Dr Denyer ne manque pas d'audace. Me déranger ainsi au beau milieu d'une réception. Il a encore fait un faux pas, n'est-ce pas, et c'est à moi de le tirer de l'ornière? Ah, ces jeunes médecins! Bons à rien et négligents!

– Je vous en supplie, si vous pouviez venir rapidement, monsieur, insista Billie. C'est vraiment grave...

– Il faut que je sorte ma voiture du parking et puis il faut que je passe chez moi pour me changer et prendre ma trousse, bougonna encore Graham Walters. Et tout cela pour une nouvelle fausse alerte! Le Dr Denyer n'est guère réputé pour la justesse de ses diagnostics...

Billie ne saisit pas la pleine signification de l'allusion. Les hôpitaux ont la mémoire longue, mais personne ne lui avait jamais raconté que Christopher avait été à l'origine d'un désastre, quelques années plus tôt, à la suite d'une erreur de diagnostic dans un cas de diabète. Billie conclut donc simplement que l'angoisse de Christopher ne passait plus inaperçue et lui donnait mauvaise réputation.

Elle expliqua avec calme :

– La malade est à peine consciente, monsieur; elle a fait une chute, et il semble qu'elle souffre beaucoup.

– C'est bon. J'arrive.

Le téléphone fut raccroché juste au moment où Christopher se précipitait dans le bureau.

– Que faites-vous? Vous perdez du temps.

C'est urgent, dit-il d'un ton pressant. Elle va perdre son bébé s'il faut attendre encore.

– Ça n'a pas été facile de joindre Mr Walters. Je vous avais dit qu'il était chez les Palmer. Il était fort mécontent, mais il vient.

Billie considéra le visage inquiet de Christopher, et son cœur sensible se serra. Il avait l'air si vulnérable, si étrangement juvénile.

– Chris, je vous en prie! Ne laissez pas la panique s'emparer de vous. Vous n'êtes pas responsable de l'état de cette malheureuse. Elle n'est même pas *votre* malade.

– Non. Je ne me souviens pas l'avoir jamais vue. Vous pensez que j'ai peur? dit-il avec amertume.

Elle lui tendit ses deux mains en un geste de réconfort. Et puis, subitement, il l'entoura de son bras. Il la tenait serrée, non pas en une étreinte amoureuse, non, plutôt comme s'il cherchait un appui.

Elle pensa avec un pincement au cœur : « Il lui serait facile de m'aimer. Il a besoin de quelqu'un. Il n'est pas fait pour les voyages en solitaire. Il m'aimerait, il aurait confiance en moi, il se reposerait sur moi comme Sean ne saura jamais le faire. Moi aussi, je pourrais l'aimer. Seulement voilà! Il pourrait s'appuyer sur moi en toute sécurité, mais moi pourrais-je jamais m'appuyer sur lui? »

8

– Nom d'un chien! Qu'est-ce qu'il fiche? Vous ne lui avez pas dit que c'était urgent? demandait Christopher pour la troisième fois. Nous ne pouvons pas nous permettre de traîner comme cela!

– C'est bien pourquoi je vous avais conseillé d'appeler Sean O'Halloran, lui rappela Billie. Mr Walters doit d'abord passer chez lui pour se changer.

– Ciel! gémit Christopher. Impossible d'appeler O'Halloran maintenant. Walters ne me le pardonnerait jamais. Pourquoi faut-il que je prenne toujours la mauvaise décision!

– Voyons, Christopher!

Toute la pitié que Billie ressentait se lisait dans ses grands yeux bleus; ce n'était plus un médecin et une infirmière qui attendaient près d'une malade inconsciente : c'était un homme et une femme.

– Vous vous inquiétez trop. Vous avez perdu toute confiance en vous.

– Confiance dont j'étais amplement pourvu autrefois? dit-il avec un sourire forcé. Certains trouvaient que j'en débordais. Et aujourd'hui, il n'en reste plus trace. Rosemary l'a sapée avec obstination pendant des années.

– Chris, je vous en prie...

Ce n'était ni le moment ni le lieu d'une confidence, pensa Billie avec tristesse. L'infirmière-chef faisait le tour des salles, mais elle pouvait revenir à tout instant. Il ne fallait pas qu'elle voie Christopher avec un moral aussi bas. C'était une bonne fille, mais elle bavardait, et Christopher n'avait que trop souvent défrayé les conversations depuis la mort tragique de sa femme. Certes, la plupart des gens avaient sincèrement compati à son chagrin, mais certains avaient suggéré que Rosemary n'était pas jalouse sans raison.

« Pas de fumée sans feu... » Combien de fois n'avait-on pas répété ce vieux dicton.

Si Christopher avait quelque responsabilité dans l'échec de son mariage, c'était plus en raison de son caractère que de ses actes. Il jurait avoir été d'une fidélité sans défaillance à l'égard de Rosemary. Inez, qui le connaissait à fond, était sûre que c'était vrai. Le drame était que, incapable lui-même de jalousie, il ne comprenait pas qu'un geste gentil et affectueux pût être mal interprété. Christopher avait un sens aigu de l'amitié qui manquait totalement à Rosemary.

L'esprit de Billie fut traversé par l'idée horrible que Rosemary, par son amour obsessionnel, avait peut-être détruit totalement Christopher. Il n'était plus que l'ombre de ce qu'il avait été jadis, charmant et heureux de vivre. Il était urgent que quelqu'un l'aide à se retrouver. Le destin l'avait-il désignée, elle, pour cette tâche? Son cœur allait spontanément vers lui, mais sa raison lui répétait avec insistance que ce serait une folie de s'engager.

– C'est une toxémie, aucun doute, dit Christopher en se penchant à nouveau sur la malade. Nous aurons de la chance si nous la sauvons, à plus forte raison l'enfant. Qu'il se dépêche donc!

– Il est vieux, vous savez.

– Vieux? répéta Christopher avec surprise. Walters?

– C'est mon avis. Peut-être ne l'avez-vous pas remarqué parce que vous êtes habitué à lui. Il n'a pas encore soixante ans, mais il est lourd et lent. L'infirmière-major Raine n'a jamais rien dit de précis sur lui, mais je suis presque certaine que c'est aussi le fond de sa pensée.

– Ah oui? Je ne sais pas. Je ne l'ai jamais vu opérer. Bon sang! J'ai donc commis une autre faute? dit Christopher, de plus en plus abattu. Pourquoi ne m'avez-vous pas proposé quelqu'un d'autre?

– Je l'ai fait.

– O'Halloran? Trop jeune. Trop rapide, lui. On dit qu'il prend des risques fous.

– N'est-ce pas ce qui fait les meilleurs chirurgiens? Patrick Elbure pense que Sean a de l'avenir.

– Sean?

Un sourire amer apparut sur les lèvres de Christopher.

– Oh, bien sûr! Il est votre ami, d'après ce que j'ai entendu dire.

– Nous avons fait nos études dans le même hôpital.

– Comme Inez et moi... Mais Inez ne m'a pas attendu. Attendrez-vous O'Halloran?

Que répondre? Elle en fut d'ailleurs dispensée par le retour de l'infirmière-chef Cranston escortant le gynécologue cramoisi et soufflant. Il était prêt à s'emporter et à se plaindre, mais, dévisageant la malade, son instinct professionnel reprit le dessus.

– Un peu tard, non? Il ne fallait pas laisser cette femme en arriver à ce point-là, grommela-t-il. Toujours la même chose avec vous, les jeunes médecins. Vous négligez vos malades et après vous attendez que les chirurgiens réparent vos erreurs. Vous aurez de la chance si...

– Ce n'est pas une de mes patientes se défendit Christopher. Elle est au fichier de mon associé, mais elle ne l'a pas consulté depuis quatre mois.

– Ah... On naît à chaque instant, concéda Graham Walters sourdement. On va faire ce qu'on peut... Tout est prêt, infirmière-chef?

Brenda Cranston, qui avait travaillé pendant deux ans sous les ordres d'Inez au bloc opératoire, était sans doute familière de ce genre d'urgence. Mais pour Billie, chargée d'assister la malade au bloc opératoire, ce fut atroce. Graham Walters opérait avec habileté et expérience, Billie ne trouva rien à lui reprocher. Un homme plus jeune aurait-il été plus rapide? Peut-être le deuxième bébé aurait-il pu être sauvé si la césarienne avait été pratiquée un peu plus tôt. Or la jeune mère elle-même ne savait pas qu'elle portait des jumeaux.

Le premier bébé, une fille toute frêle et menue, semblait à peine vivant. On le porta immédiatement en couveuse. Quant au deuxième, un garçon, il n'y avait aucun espoir de le réanimer.

Il y eut des moments d'inquiétude atroces pour l'état de la mère, mais elle avait pour elle la vigueur de la jeunesse et une équipe efficace qui luttait fermement.

– Elle s'en sortira. C'est plus qu'elle ne mérite... elle ou son médecin, prononça Graham Walters d'un ton aigre.

Ni l'infirmière-major du bloc opératoire ni l'anesthésiste ne firent le moindre commentaire. Etait-il besoin d'ajouter un signe noir au débit de Christopher?

– C'est la faute de son mari qui lui répétait tant et plus de ne pas faire tant d'histoires pour une grossesse, intervint Billie. Elle n'a pas osé aller voir son médecin, le Dr Raine.

L'anesthésiste haussa les épaules. Graham Walters considéra Billie comme si elle eût été une apparition. L'infirmière-major sourit légèrement.

– Mr Walters ne vous a pas demandé votre avis, dit-elle sur un ton glacé. (Puis, tournant le dos à Billie, elle expliqua :)

– L'infirmière est nouvelle ici, monsieur. Elle est canadienne.

– Vous savez bien que je ne suis pas canadienne, répliqua Billie. Mon père a fait ses études ici, avec le Dr Raine. Ils étaient amis intimes. C'était Bill Primmer.

– Peut-être pourrions-nous attendre une occasion plus favorable pour cette incursion dans l'histoire de votre famille, infirmière, dit Mr Walters sur un ton bref. Présentement, je suggère que vous rameniez la patiente dans la salle. J'aimerais dire un mot à l'infirmière-chef. Et puis j'irai rejoindre mon épouse au manoir.

« J'ai dû m'attirer une marque noire à mon tour! Bah! Au moins, je ne suis pas tombée dans les pommes », se disait Billie avec philosophie. En effet, au cours de ses stages de formation au bloc opératoire, elle avait eu bien de la peine à ne pas s'évanouir. « En tout cas, ce n'est pas juste de blâmer Chris alors qu'il n'avait jamais vu cette femme! »

Les bruits circulaient si vite dans les hôpitaux... Billie le savait par expérience. Et pourtant, c'était pur hasard si Polly Teniot avait eu cet accident le soir où Christopher était de permanence. Mais le jeune médecin se comportait exactement comme s'il en était responsable. Il était encore en maternité quand Billie y revint après avoir ramené dans sa chambre la malade inconsciente. Il ne songea même pas à disparaître quand Mr Walters, essoufflé, entra pour donner ses instructions.

Walters était fatigué et de mauvaise humeur; il subissait visiblement le contrecoup de la concentration mise en œuvre dans cette intervention délicate pratiquée après une longue journée de travail. Il n'était pas d'humeur à montrer la moindre indulgence envers ceux qui, selon lui, avaient rendu cette opération inévitable. Dès qu'il aperçut Christopher, Graham Walters se laissa aller à quelques commentaires caustiques que l'intéressé ne se donna même pas la peine de relever.

– Va-t-elle se remettre? C'est cela qui compte, demanda-t-il péremptoirement.

– Pas grâce à son médecin en tout cas, rétorqua le gynécologue. Infirmière, commencez le goutte à goutte immédiatement.

Une autre infirmière, appelée en hâte, prit la suite une demi-heure plus tard. Billie passa aux douches et changea de blouse. Christopher faisait les cent pas dans le couloir lorsqu'elle sortit.

– Vous êtes encore là? Rentrez chez vous! s'exclama-t-elle avec impatience. Ils vont s'imaginer des choses qui ne sont pas!

– Et puis après? Qui s'en soucie? répondit-il avec amertume. Rentrer chez moi? Je n'ai pas de « chez moi »!

– Oh, Christopher, ne dites pas cela. Vous me faites de la peine...

Dans son esprit, cette expression se voulait désinvolte. Mais Christopher y décela une nuance de gravité. Il attira alors Billie contre lui, le visage illuminé.

– Vraiment, vous vous souciez de moi? demanda-t-il avec une intensité fiévreuse.

– Bien sûr, voyons. Comme tous vos amis,

assura-t-elle, essayant de parler d'un ton plus léger.

– Vous comprenez très bien ce que je veux dire. Vous souciez-vous suffisamment de moi pour me soutenir... me donner l'impulsion nécessaire? Si je savais pouvoir compter sur vous, ma vie aurait un sens.

Le charme habituel jouait, mais c'était la voix rauque et le regard implorant qui étaient authentiques.

– Billie, vous êtes un ange. Vous valez beaucoup plus que je ne mérite, mais s'il est vrai que je compte à vos yeux, même seulement un peu... je jure que je ferai tout pour que vous ne le regrettiez pas.

Une jeune fille plus dure ou plus réaliste aurait peut-être demandé: « Aviez-vous fait le même serment à Rosemary? M'aimez-vous pour moi-même ou voyez-vous seulement en moi une planche de salut? »

Il avait besoin d'elle. Billie se sentait submergée de tendresse. Elle murmura:

– Chris... Cher Chris...

Alors il la serra dans ses bras, contre son cœur qui battait à grands coups. Mais cette intensité laissait Billie curieusement désemparée. Pourquoi son propre cœur ne battait-il pas au même rythme? Les lèvres de Christopher la brûlaient, mais où était le feu qui aurait dû y répondre? Elle était troublée et gênée à la fois.

– Chris, non! Pas ici, protesta-t-elle faiblement.

– Billie... ma chérie... Billie, vous êtes si douce, murmurait-il.

– Chris, je vous en prie! Il faut que vous partiez, maintenant. Je suis de service. J'ai à faire...

– Jamais vous n'aurez assuré aussi merveilleusement un service de nuit que celui-ci, je vous assure. Avec vous, à mes côtés, je peux repartir de zéro, dit Christopher avec vivacité.

– Chris, je n'ai rien promis, dit-elle avec une prudence un peu tardive où se mêlait une note de désespoir. Partez, je vous en prie! Nous parlerons de tout cela demain, après vos consultations.

– D'accord. Je m'en vais. Je ne voudrais pas vous nuire vis-à-vis de l'infirmière-chef ou de l'infirmière-major, dit-il avec un sourire affectueux. Ma chérie... je vais dormir ce soir. Vous m'avez rendu si heureux...

Elle sourit bravement en s'écartant de lui, mais elle pensait : « Mon Dieu! Qu'ai-je fait? »

– Infirmière! Infirmière, que faites-vous donc? appela impérieusement l'infirmière-chef Cranston.

Billie courut à sa rencontre tout en redressant en hâte son bonnet.

– C'est Parvis qui réclame une tisane. Elle dit qu'elle n'arrive pas à s'endormir. Calmez-la avant qu'elle ne réveille les autres, dit Brenda Cranston sévèrement. L'infirmière-major de nuit devrait arriver d'une minute à l'autre. Et cette Hickory qui sanglote comme une hystérique! Je ne peux rien en tirer. Elle ne me répond même pas.

– C'est le choc. Ça ne doit pas être agréable de découvrir que quelqu'un veut vous empoisonner.

– Bah, c'est ridicule! C'est sûrement un hasard malencontreux, ou une forme d'allergie, trancha Brenda Cranston sans pitié.

– Le rapport d'analyse n'est pas arrivé?

– Non. Les laboratoires travaillent « au ralenti », expliqua Brenda. Vraiment, je ne comprends pas les gens en ce moment. Autrefois, dans un hôpital, il existait un esprit d'équipe. A présent, on ne songe plus qu'à s'assurer le plus d'avantages possible.

Billie fit une petite moue. Brenda n'avait guère plus de vingt-cinq ou vingt-six ans, mais elle parlait comme une infirmière des temps héroïques. Elle-même deviendrait ainsi un jour, pensa-t-elle dans un éclair de lucidité. Brenda était tout à fait le genre « on ne me la fait pas »; hormis son travail, elle n'avait apparemment aucun centre d'intérêt dans la vie. Certainement pas d'aventures romanesques pour elle.

Brenda était expérimentée et maîtresse d'elle-même. Elle ne se cachait pas d'être ambitieuse. Elle était d'ailleurs capable de réussir. Jamais elle ne se laisserait égarer par la bonté ou un élan de tendresse. Brenda était même un peu dure. Pour elle comme pour les autres. Le sort de Léna Hickory ne la chagrinait nullement. Elle était simplement agacée dans la mesure où Léna lui compliquait le travail.

– Puis-je appeler le labo encore une fois, infirmière-chef? suggéra Billie. L'infirmière-major voudrait que j'essaie de savoir ce qui a empoisonné Léna.

– Appelez si vous voulez, mais de grâce, ne me parlez plus de cette fille envahissante! Je vais voir le nouveau-né. Oui, encore une chose : je ne suis pas satisfaite du numéro huit; sa respiration est précipitée.

– Le numéro huit?

Billie se faisait mal à cette règle qui voulait que l'on désignât les bébés par des numéros; à ses yeux, c'étaient des individus.

– Oui, le bébé Bates.

– Ah? Il allait pourtant bien...

– Eh bien, ce n'est plus le cas. Je crois qu'il faudrait le remettre sous la tente à oxygène.

Brenda alla voir les bébés tandis que Billie se rendait auprès de Mrs Parvis.

– Soyez gentille, patientez encore quelques minutes. Je vais vous apporter une bonne tasse de tisane dès que possible, dit Billie. Il faut d'abord que je voie Léna Hickory. Elle pleure à s'en rendre malade.

– C'est compréhensible! Une drôle d'histoire, non? dit Mrs Parvis d'un air entendu. Pas drôle l'idée de savoir que quelqu'un cherche à vous empoisonner. Mon bonhomme a un caractère de cochon, mais il n'irait pas jusque-là.

– Nous ne savons pas comment cela s'est produit. Vous avez une idée, vous?

– Eh bien, peut-être que oui, commença Mrs Parvis apparemment ravie d'être interrogée. Tout allait bien jusqu'au moment où elle a mangé des fruits qui se trouvaient dans un petit panier. Elle a mangé la pêche, et puis quelques grains de raisin, et puis elle a pris une pomme. Elle a mordu dedans sans la peler, et tout d'un coup, elle s'est mise à hoqueter et à étouffer. Jamais vu ça, sauf quand le vieux chien de mon père a bu dans un arrosoir qui contenait une solution d'herbicide.

Billie ne put réprimer un frisson, et Mrs Parvis eut un regard de pitié pour elle.

– Ah, infirmière, vous avez le cœur tendre, hein? Moi aussi, autrefois. Ça vous passera. Vous savez, je serais morte ou folle à l'heure actuelle si je m'étais fait trop de bile à propos des enfants. Quand il y en a cinq qui crient et se bagarrent sans arrêt autour de vous... Et en voilà encore un! Si je vous disais qu'il y a des nuits où je n'arrive pas à m'endormir quand je pense à ce qui m'attend quand vous me renverrez d'ici. Cela vous étonne, hein?

– Non, pas du tout, dit Billie avec sincérité. Soyez gentille, Mrs Parvis. Je vous laisse un moment, je reviens tout de suite.

Elle se rendit en hâte au bureau de l'infirmière-major et appela le laboratoire. Une voix ennuyée répondit. Oui, le rapport était prêt. Il n'y avait qu'à venir le chercher.

– C'est pas mon travail de faire le garçon de courses et de distribuer les papiers à travers l'hôpital, continua la voix. Je suis un technicien. Je n'ai pas à faire les commissions pour les infirmières.

– Même quand la vie d'un malade dépend d'un rapport rapide?

– Les malades ne nous concernent pas. Pas notre travail. C'est vous qui en êtes responsables.

– Je ne comprends pas comment vous pouvez mettre des barrières... Pouvez-vous au moins me lire ce rapport ? Nous manquons de personnel ici.

– Qui n'en manque pas ?

De fort mauvaise grâce, le technicien condescendit à lire un terme chimique composé de syllabes à peine prononçables.

– ... Utilisé dans différents herbicides, conclut-elle. Le *Desherby* par exemple ?

– Je n'en sais rien. Je ne suis pas jardinier, moi.

« Ni quelqu'un de bien serviable, espèce de brute ! » pensa Billie en raccrochant.

Ainsi elle avait raison ? D'où venait ce produit ? Elle se souvenait vaguement de malaises provoqués par des fruits traités chimiquement. Mais le petit panier de fruits en question avait dû être acheté chez un commerçant ; les fruits devaient donc être soigneusement essuyés.

Le père de Billie était un lecteur assidu de romans noirs et sa fille avait lu une bonne partie de sa collection. Elle se souvenait d'une histoire de chocolats empoisonnés. Le poison était injecté à l'aide d'une seringue par un trou minuscule que l'on reglaçait ensuite. C'était plus compliqué avec une pomme. On pouvait cependant percer un trou, le remplir d'herbicide en poudre et retendre la pelure par-dessus.

Oui, mais cela n'expliquait pas pourquoi quelqu'un cherchait à se débarrasser de Léna Hickory. Il fallait que le criminel fût particulièrement endurci pour préparer un empoisonnement avec autant de minutie. Il fallait un esprit totalement dénué de pitié et de l'humanité la plus élémentaire. Comment Léna avait-elle pu s'attirer la haine d'un être pareil?

– Pleurer ne sert à rien...

Billie était penchée au-dessus du corps recroquevillé, s'efforçant de raisonner Léna.

– Détendez-vous un peu. Je vais essuyer votre visage.

– Oh, c'est vous! sursauta Léna en prenant appui sur un coude. Peter... Peter va bien? Il n'a pas été empoisonné au moins?

– Certainement pas. Peter est plus en sécurité que la Banque d'Angleterre!

– J'ai été empoisonnée...

– Il semble que oui, acquiesça Billie. Qui vous a envoyé ce petit panier de fruits, Léna?

– Je... Je ne sais pas, dit Léna lentement, douloureusement.

– Il n'y avait pas de carte jointe?

– Seulement une carte imprimée, sans signature. « Avec tous mes vœux. »

– Avez-vous essayé de deviner sa provenance? Vous devez bien avoir votre idée là-dessus.

– J'ai pensé que c'était *elle*, sanglota Léna. Elle a toujours été si gentille pour moi.

– Qui?

– Lady Palmer. J'ai travaillé chez les Palmer.

Léna, toute tremblante, se mit à chiffonner son drap.

– Ce pourrait être aussi Peggy. Elle est gentille, mais elle est si jeune, elle n'a pas encore d'attentions de ce genre. Non, ces fruits, cela ressemble davantage à lady Palmer. Elle a pu entendre parler du bébé par hasard. Peggy, elle, est souvent absente pour ses compétitions, elle n'est donc pas forcément au courant.

– Les Palmer? Ceux qui donnaient une réception ce soir? Vous avez travaillé pour eux?

– Aux écuries et au jardin.

– Pourquoi êtes-vous partie?

– On m'a vidée. Le vieux me trouvait impertinente...

Un sourire effleura le visage blême.

– Je l'ai été, effectivement. Elles courbent toutes la tête devant lui, lady Palmer et les filles. Moi, je lui ai dit quelques vérités bien senties.

– Quand cela s'est-il passé?

– Il y a trois ou quatre mois. Mais ni lui ni les autres n'auraient voulu m'empoisonner. Je suis sortie de leur existence, un point, c'est tout.

– Evidemment. Je ne vois d'ailleurs pas pourquoi.

Billie hésita quelques secondes, puis elle plongea :

– Et le père de Peter, quelle sorte d'homme est-il?

– Pas... ce n'est pas son genre non plus. Et puis, il ne sait rien.

La voix de Léna n'était plus qu'un murmure rauque.

– Je ne lui ai rien dit. Je ne pouvais pas...

– Vous ne lui avez pas dit que vous attendiez

un enfant? dit Billie, stupéfaite. Pourquoi? Etes-vous honnête envers lui en vous taisant?

– Je n'ai aucune raison de briser sa vie.

– S'il vous aime...

– Oh, il m'aimait... mais pas de cette façon-là. Nous n'avons jamais rien souhaité de semblable, ni lui ni moi. Nous nous rencontrions parfois, simplement; nous discutions. Il était inquiet et malheureux, et moi, j'avais de la peine pour lui... Vous pouvez dire que je n'ai pas eu de chance. Je n'aurais jamais cru que l'on puisse se faire faire un enfant aussi facilement. J'étais plutôt naïve.

Billie hocha la tête. Cela confirmait en quelque sorte son intuition. Léna jouait les filles libérées, mais en réalité, elle savait peu de chose de la vie.

– Nous pouvons essayer de remonter la piste du panier de fruits, dit Billie qui semblait plutôt réfléchir à haute voix que s'adresser spécialement à Léna. Les commerçants de Saxham ne sont pas si nombreux, surtout ceux qui vendent ces petits paniers.

Léna ne répondit rien. Son visage brouillé de larmes était tout pâle. Billie alla chercher une éponge et lui rafraîchit les tempes et les joues. Léna s'allongea ensuite, épuisée.

Billie réfléchissait tout en la bordant: « Je n'aurais pas dû la faire parler autant, mais il faut bien que nous sachions. Cela valait la peine d'essayer. Elle ne donnera jamais le nom de cet homme. J'avais de la peine pour lui, a-t-elle dit. C'est ce que je ressens pour Chris. La pitié est sans doute très voisine de l'amour. Je souhaite réconforter Chris, l'aider et le protéger. N'est-ce que de la compassion? Est-ce de l'amour? »

Elle se détournait du lit quand la porte latérale s'ouvrit toute grande. Dans l'encadrement se dressa une silhouette massive en sweater et pantalon de velours.

– Où est-elle? Où est ma femme? Où est mon fils? demanda une voix rocailleuse et autoritaire.

Par-dessus les lourdes épaules de l'homme, Billie aperçut l'infirmière-chef toute rouge, la mine excédée, qui protestait :

– Mr Teniot, partez! Je vous ai dit que vous ne pouviez pas voir votre femme pour le moment. Elle a souffert atrocement; elle ne doit être dérangée sous aucun prétexte.

Mr Teniot? C'était donc le mari de cette malheureuse jeune femme? Il avait au moins dix ou quinze ans de plus que Polly. A classer dans la catégorie des « brutes florissantes », décida Billie en notant les traits durs, l'épaisse chevelure noire et les épaules puissantes.

– C'est *ma* femme, non? Personne ne peut m'empêcher de voir ma femme. Je connais mes droits...

Grande gueule, assuré, agressif et dénué de pitié, se dit encore Billie. La pauvre Polly, si timide et si peu combative, ne s'imposerait jamais face à lui!

– Partez d'ici! lança Billie en avançant sur lui tel un petit roquet rageur. Vous n'avez aucun droit de faire du scandale dans les chambres des malades. D'autant que ce n'est pas à vous que votre pauvre femme doit de n'être pas morte à l'heure qu'il est. Elle l'a échappé belle! Tout cela à cause de votre négligence.

Il recula précipitamment, ébahi. Billie faillit même lui marcher sur les pieds tandis qu'elle refermait la porte derrière elle.

– Allons, circulez! Décampez! sifflait Billie. Brute égoïste! Vous n'avez aucun droit de déranger nos malades.

– Eh là, doucement! A qui croyez-vous donc parler? Naturel que je vienne voir ma femme et mon fils, non? souffla Ron Teniot. Ce toubib est venu prendre Polly au moment où je commençais à traire. Il fallait bien que je m'occupe de mes vaches d'abord, non?

– Bien sûr! Bien plus important que votre pauvre femme, riposta Billie. Vous serez peut-être content de savoir que ce toubib est arrivé juste à temps pour lui sauver la vie... mais pour votre fils, il était trop tard.

– Quoi? Qu'est-ce que vous me racontez? Où est le garçon?

Il dardait son regard sur Billie, la tête baissée comme un taureau enragé qui va charger. Billie se redressa de toute sa taille.

– Votre fils est mort, Mr Teniot. Il n'avait aucune chance de vivre. Vous devriez vous mettre à genoux et remercier Dieu de vous avoir laissé votre femme et une petite fille fragile que nous nous efforçons de sauver.

– Infirmière! Infirmière Primmer...

Derrière le dos massif de l'homme, l'infirmière-chef manifestait son mécontentement.

– Ce n'est pas une façon de parler aux parents de nos patientes.

– Et moi, c'est de cette façon-là que je parle aux brutes égoïstes qui abusent de leur force! rétorqua Billie sans se laisser démonter. Polly Teniot aurait pu mourir à cause de la négligence de son mari.

– Comprends pas. La naissance est une chose de la nature!

La voix de Ron Teniot était beaucoup moins assurée à présent.

– Polly est jeune et forte. Aucune raison que ça ne marche pas. Vous dites que le garçon est mort? Ce fichu toubib a laissé mourir mon fils...?

– Vous n'avez donc rien écouté, Mr Teniot... Je vous ai pourtant expliqué. Il a fallu faire une césarienne, intervint Brenda Cranston dans une tentative d'autorité. Nous avons appelé notre gynécologue en chef...

– Qui vous a donné la permission d'opérer ma femme? Je n'aime pas les césariennes. A chaque fois que le vétérinaire en a fait, les veaux sont morts; j'ai même perdu la vache une fois. Fallait me demander mon avis, gronda Ron Teniot.

– Vous n'étiez pas chez vous. Pas moyen de vous joindre.

Brenda Cranston était sur la défensive; Ron Teniot en profita pour rugir :

– Je connais mes droits. Qui pourrait m'empêcher de faire des ennuis à ce toubib?

– Un peu de bon sens! Avez-vous refusé de faire opérer vos vaches? Non, parce que vous les auriez toutes perdues autrement. Vous ne réussissez qu'à vous rendre ridicule, Mr Teniot, dit Billie sans ambages. Du calme maintenant! Ressaisissez-vous et vous pourrez peut-être jeter un coup d'œil sur Polly. Elle dort.

L'infirmière-chef Cranston voulut reprendre la parole :

– Vraiment, infirmière...

Mais, subitement, le visage buriné s'adoucit et un vague sourire apparut.

– Eh, petite, vous avez du cran! concéda Ron. C'est bon. Je ferme ma grande gueule. Laissez-moi seulement me rendre compte par moi-même que Polly est O.K.

9

– Peter, il serait peut-être l'heure de ramener votre femme chez vous, dit Joanna sur un petit ton pointu.

– Pardon ? Oh, pourquoi ? Cela lui fait du bien de sortir un peu, non ? répondit Peter Edmonds comme pour se défendre.

Les invités s'étant enfin retirés, la famille était rassemblée au salon pour le café et « le commentaire de rigueur », comme disait Peggy en bâillant. Lady Palmer, bien que très faible encore, avait refusé toute aide pour monter se coucher. Elle avait à cœur de convaincre d'abord sir Jeremy que la soirée avait été un succès et que les invités avaient été subjugués par l'éclat de la réception.

Peggy, avec la charmante incongruité qui la caractérisait, régalait un Cecil épuisé d'un luxe de détails concernant un cheval qu'elle comptait faire acheter par son père. Elle l'avait monté lors de deux grandes manifestations pour le compte de l'actuel propriétaire et se déclarait convaincue qu'un rapport particulier s'était établi entre l'animal et elle. Cecil, qui aurait à peine su faire la différence entre un cheval de course et un cheval de labour, l'écoutait avec la patiente bienveillance qu'il mettait en œuvre lorsqu'il était face à ses patients.

Joanna aurait bien voulu dire à sa jeune sœur de cesser d'importuner le monde avec ses histoires, mais pour le moment, c'était surtout Peter qui la préoccupait et qu'elle venait de mettre au pied du mur. Elle savait que pour lui, elle resterait toujours l'infirmière-major Palmer, efficace et un peu sèche. Il ne verrait jamais une belle-sœur en elle. Il l'avait prise en aversion dès le début. Sans doute avait-il deviné sa réprobation de l'idylle impétueuse qui avait abouti au mariage hâtif de Bridget.

A moins que ce ne fût une jalousie secrète plutôt que du dédain qu'elle éprouvait pour sa téméraire petite sœur, se demanda soudain Joanna. Aurait-elle souhaité avoir le même cran que sa sœur et forcer la main de Cecil comme Bridget avait forcé celle de Peter, sans vraiment le vouloir d'ailleurs? La situation n'était pas la même dans les deux cas. Peter était un jeune interne célibataire. Seule son impécuniosité en faisait un mari inconcevable pour Bridget. Cecil, lui, était à l'époque le mari d'une infirme à qui il entendait rester fidèle.

Peter avait su tirer parti de son mariage précipité. L'avait-il regretté? Etait-ce pénible ou humiliant pour un jeune homme de tout devoir à son beau-père, ou bien éprouvait-il sincèrement la gratitude qu'il ne manquait jamais d'afficher? Difficile à dire. Le jeune médecin, autrefois impulsif et peut-être naïf, s'était composé un personnage affable et plein d'onction qui ne laissait rien transparaître de ce qu'il ressentait vraiment.

– Vous n'êtes pas inquiet pour Bridget? demanda Joanna comme par défi. Elle a terriblement maigri ces derniers temps.

– Oh, c'est qu'elle passe par des moments pénibles; le bébé est très capricieux, répondit Peter suavement.

– Elle est à bout de nerfs. Elle n'en peut plus, dit Joanna franchement. N'avez-vous donc prêté aucune attention à son comportement de ce soir?

– Bah! dit-il en haussant les épaules. Vous connaissez Bridget. Un peu de cinéma là-dedans. Elle cherche à attirer la sympathie. De l'exhibitionnisme!

– Conclusion spécieuse et facile! Si c'est là un exemple de vos diagnostics, je plains vos malades, docteur Edmonds.

Le teint frais de Peter devint sensiblement plus rouge, mais il sourit néanmoins aimablement. Joanna comprit que le personnage ne se démontait pas facilement. Il était devenu beaucoup plus sûr de lui depuis son mariage. Il n'en était pas de même pour Bridget.

L'affection de Joanna pour sa jeune sœur n'était guère plus que tiède. Enfant, elle avait souffert quand ce bébé était enfin né après deux fausses couches de sa mère. Le père l'idolâtrait, et la mère lui consacrait tout son temps. Bridget, immédiatement ravie de son rôle d'enfant choyée, n'avait jamais montré ni sympathie ni compréhension pour cette sœur que chacun négligeait. La différence d'âge les avait aussi empêchées de devenir amies. Malgré cela, Joanna ne songeait pas à se dégager de ses responsabilités d'aînée. Une espèce de sixième sens, peut-être l'intuition de l'infirmière expérimentée, l'avertissait que Bridget était au bord du désastre.

– Votre futur mari est tout le contraire de moi, dit Peter à brûle-pourpoint. Il se recroqueville positivement sous les feux de la rampe, n'est-ce pas? Il se serait volontiers enfoui au plus profond d'un terrier, ce soir.

Ainsi donc, Peter maniait la perfidie d'une voix douce. Adoptait-il le même ton avec Bridget? Joanna considéra son beau-frère avec une antipathie accrue. Il pouvait essayer ses piques sur elle, si cela l'amusait. Son armure lui épargnait les blessures. Mais avec Bridget, il ferait bien d'y aller prudemment. Son équilibre nerveux avait toujours été délicat. N'avait-elle pas tenté de se suicider la première fois qu'elle s'était trouvée enceinte? Bridget avait un caractère qu'il était dangereux d'exciter trop vivement. Son mari le comprenait-il?

Autrefois, il y avait environ six ans de cela, Peter et Bridget étaient follement amoureux l'un de l'autre. C'en était touchant. Où était donc cette passion juvénile? S'était-elle simplement évanouie? Avait-elle été rongée par les à-coups de la vie quotidienne?

« Comment savoir si un amour qui naît est de

l'or pur ou non? » se demandait Joanna. Par exemple, comment Richard Raine, véritable héros de roman, si populaire dans la région qu'une sorte de légende s'attachait encore à son nom, avait-il deviné que sa jolie Molly, parfaitement soumise et apparemment si banale, serait l'unique amour de sa vie?

Ses propres parents avaient moins de chance. La dévotion que son père portait à son épouse était certes sincère, mais l'aimait-il comme une chose qui lui appartenait, ou pour elle-même, pour ce qu'elle était? Quant à sa pauvre mère, elle avait dû comprendre très vite ce qu'impliquait de contraintes et de tyrannie sa position d'épouse et d'objet de dévotion de sir Jeremy Palmer!

Rares étaient les couples qui avaient la chance d'être attirés l'un vers l'autre par quelque force invisible, une force qui les unissait pour la vie entière. Patrick Elbure et Inez Raine, par exemple, formaient un couple parfaitement assorti. Ils étaient faits l'un pour l'autre.

Qu'en avait-il été de Cecil et d'Ermyntrude? Leur mariage avait duré vingt-cinq ans. Cecil était persuadé que leur amour n'avait jamais varié; il refusait d'admettre que ce qu'il avait éprouvé pour Joanna fût rien de plus qu'une attirance passagère. Il ne supportait pas l'idée d'avoir pu être déloyal envers sa femme, ne fût-ce que quelques semaines. « Une femme me tentait... mais je lui ai résisté... » C'est ainsi qu'il avait considéré ce bref interlude.

Et pourtant, il l'avait aimée. Il avait eu besoin

d'elle. Joanna s'accrochait avec ténacité à cette conviction. C'était la conscience inquiète de Cecil, son sens du devoir envers son épouse et son dévouement professionnel qui avaient rendu inévitable la rupture entre eux.

Cecil était resté fidèle à sa femme, mais il était libre à présent. Pourquoi donc hésitait-il à en prendre pleinement conscience? Pourquoi était-il encore prisonnier de ses chaînes anciennes? Il était parfois difficile de ne pas perdre patience avec lui, mais Joanna avait une longue pratique dans ce domaine. Etrange, vraiment, qu'il n'y ait jamais eu d'autre homme pour elle. Elle avait eu ses chances pourtant. Pendant les années où elle avait exercé à Exeter, elle avait essayé d'oublier Cecil et de trouver le bonheur auprès d'un autre. Pourquoi avait-elle échoué? S'était-elle montrée trop lucide? Avait-elle effrayé un soupirant peut-être timide? N'était-elle plus, après ces années désertiques, qu'une coquille vide que l'amour et la tendresse avaient abandonnée. Ou bien était-elle de ces êtres qui ne peuvent aimer qu'une seule fois?

La plupart de ceux qui la côtoyaient la jugeaient froide et insensible. Personne ne l'aurait crue capable d'un amour aussi profondément enraciné et qui avait survécu à toutes les épreuves. L'amour était le grand mystère de la vie. Il pouvait être un sentiment d'inspiration divine, mais il pouvait aussi relever de la folie. Le mot *amour* était probablement le mot dont on abusait le plus. Il recouvrait toute une gamme d'émotions. Il expliquait, excusait, justifiait et voilait bien des actes de natures différentes.

Que savait de l'amour ce beau-frère au sourire figé? S'il aimait Bridget, pourquoi la traitait-il comme il le faisait? Comment pouvait-il rester aussi serein face au désespoir de son épouse? Comment pouvait-il ne pas s'inquiéter d'elle et des enfants qu'elle négligeait?

– Vous ne voulez pas m'écouter?... Dans ce cas, autant épargner ma salive, dit Joanna brutalement. Toutefois, ne venez pas vous plaindre ensuite de n'avoir pas été averti!

– Averti? répéta-t-il.

– D'avoir à vous débarrasser de votre herbicide, par exemple.

– Mon herbicide?

Le visage paisible de Peter se crispa. Il regarda sa belle-sœur avec une perplexité non feinte.

– Soupçonnez-vous votre sœur de vouloir m'empoisonner?

– Vous, ou bien elle. Plus vraisemblablement elle. Un exemple peut être contagieux.

– Un exemple? Quel exemple?

– Cette malheureuse Léna!

– Léna?

Il tressaillit.

– Vous parlez de Léna Hickory?

– De qui d'autre? Vous ne saviez pas qu'elle avait avalé de l'herbicide ce soir?

– Léna? Léna a avalé de l'herbicide?

La consternation de Peter était sincère. Joanna le dévisagea avec insistance.

– Ainsi, vous n'avez entendu parler de rien?

C'est pour cette raison que les Elbure étaient en retard, et c'est aussi pour cela que Mère s'est effondrée. Ce fut un choc pour elle. Elle aimait bien la petite. A en juger par votre réaction, on serait en droit de penser que vous aussi vous l'aimiez bien, dit Joanna en appuyant sur les mots.

– C'était une de mes patientes. Gentille, courageuse, répliqua Peter, un peu hésitant. Elle s'est suicidée? Incroyable! Ce n'était pourtant pas son genre.

– C'est l'impression que vous avez? (Le ton de Joanna était railleur.) La psychologie n'est pas votre fort, n'est-ce pas, Peter?

– Léna... Incroyable! répéta-t-il. Quand? Comment?

– Désolée! Je n'ai pas de détails.

– Cela n'a aucun sens, voyons! Elle se rétablissait, le garçon allait bien...

Joanna n'avait jamais vu le jeune médecin, si assuré d'ordinaire, désarçonné à ce point, si ce n'est le jour où il avait appris que Bridget avait tenté de mettre fin à ses jours parce qu'elle était enceinte. Y avait-il quelque similitude avec la circonstance présente? Léna avait travaillé au manoir. Peter était son médecin...

L'esprit vif de Joanna fonctionnait fébrilement. Peut-être y avait-il un lien. Léna était séduisante, vibrante, amicale, tandis que Bridget était capricieuse, aigrie et mécontente de sa troisième grossesse. Peter avait-il été tenté?

– Pourquoi? Pourquoi une telle folie? demandait-il.

– Parce que tous l'abandonnaient...? L'infirmière-major Raine dit que personne ne sait qui est le père de son fils. Auriez-vous une idée de l'identité de ce père, Peter?

– Moi? Que voulez-vous dire?

Le rouge de son visage se renforçait manifestement. Plus de sourire mondain. Il fixait Joanna de ses yeux étincelants.

– Dites donc, qu'êtes-vous en train d'insinuer, Jo? J'espère que vous ne me soupçonnez pas d'avoir séduit cette pauvre enfant?

– Des soupçons? Le terme est trop fort. Une hypothèse, simplement. Une idée qui m'est venue à l'esprit.

– Eh bien, vous pouvez l'oublier sans tarder. Je ne suis pas ce genre d'imbécile!

– Non? Simple coïncidence, alors! murmura Joanna d'une voix aigre-douce.

– Coïncidence?

– Votre femme était enceinte, votre jeune fille au pair à dû partir parce qu'elle était enceinte. J'imagine que c'est le même motif qui a contraint Léna à quitter le manoir si précipitamment. Trois femmes...

– Vous divaguez! Marie devait être enceinte quand elle s'est présentée chez nous; et Léna a été renvoyée par votre père pour une réflexion insolente, comme il l'a dit lui-même. N'essayez pas de me mettre en cause.

– Je ne le souhaite pas, assura Joanna. Bridget est suffisamment perturbée comme cela. De plus, vos exploits extra-conjugaux ne me regardent pas, cher beau-frère.

– Vous êtes drôlement fielleuse! Je le regrette pour Larcher.

Tout son vernis était tombé à présent et c'était de nouveau le jeune interne d'autrefois qui bravait l'infirmière-major critique et autoritaire. Joanna s'en fit la remarque avec amusement. L'antagonisme était désormais déclaré entre eux.

Elle haussa les épaules. Peu lui importait l'amitié ou l'inimitié de Peter. Elle voulait seulement éviter tout éclat dans l'intérêt de sa mère et de Bridget. A part ça, il n'était pas mauvais que Peter se sache observé. Peut-être cela le rendrait-il plus prudent.

– Inutile de dire que je suis peinée pour ma sœur, mais à quoi bon nous lancer des défis permanents, n'est-ce pas? Sauvons les apparences devant la famille, dit Joanna.

– Oui, vous avez raison. Excusez-moi, dit-il brièvement. Votre mère a l'air très abattue. Il serait grand temps qu'elle aille se reposer. Je vais chercher Bridget.

Bridget, qui bâillait sans arrêt, les paupières lourdes, protesta fébrilement. Dans l'air frais du soir, elle chancela et se retint à Peter.

– Oh, ma tête! Elle va éclater! gémit-elle.

– Tu as bu trop de champagne.

– Pourquoi pas? Pourquoi ne pas noyer mes chagrins dans le champagne de Papa? Lui au moins ne lésine pas sur les boissons! J'ai remarqué que tu verrouilles toujours le placard bien que nous n'ayons plus de jeune fille au pair.

– C'est pour ton bien. Je ne tiens pas à ce que

tu deviennes alcoolique. On commence par un ou deux verres, et puis on augmente la dose, et puis on découvre qu'on ne peut plus s'en passer.

– Tu as une haute idée de ta femme! Suis-je donc en passe de devenir alcoolique? Et à ton avis, à qui la faute?

– Je n'ai pas dit que tu étais en passe de le devenir. Mais c'est une possibilité qu'il vaudrait mieux éviter.

Il l'aida à monter dans la voiture, un modèle d'un luxe discret, capitonné d'un gris souris. Bridget se laissa tomber sur le siège.

– Sécurité d'abord, railla-t-elle tandis qu'il bouclait sa ceinture. Mais pas toujours pourtant, n'est-ce pas, Peter chéri? Tu ne prends pas toujours toutes les précautions. C'était à moi de les prendre... j'ai oublié... C'est à moi que Lil doit la vie.

– Est-ce indispensable de ressasser le passé? dit Peter, un peu agacé. Pourquoi ne pas regarder l'avenir, histoire de changer de refrain de temps en temps? Qu'en penses-tu ma petite vieille?

– Regarder quoi? Une nouvelle épreuve? Un autre rejeton qui piaillera avec les autres? Non, Peter! Plus d'enfants pour moi, jamais! dit-elle avec véhémence. « Ma vieille », as-tu dit? Tu as raison. Je me sens et je me vois vieille. Vieille avant l'âge.

– Petite sotte! C'était une expression affectueuse. Bien sûr, tu ne veux pas de bébé pour le moment. Tu dois d'abord récupérer. Mais plus tard, tu verras les choses différemment. Tu ne voudrais tout de même pas te faire battre par Jo!

– Qu'est-ce que j'en ai à faire? Elle me battra, quoi que je fasse. Jo est comme ça. C'est une gagneuse. Elle *veut* gagner. Pas moi. J'échoue en tout.

Des larmes lui montaient aux yeux.

– Moi, si j'avais douze enfants, ce ne seraient que des filles. Jo n'en aura sans doute qu'un, et ce sera un garçon plein de vigueur.

– Comment le savoir d'avance?

– Je ne veux pas courir le risque, un point, c'est tout. Si tu tiens absolument à avoir un fils, tu n'as qu'à en adopter un. Tiens, le bébé de Léna, par exemple. Tu ne veux pas l'adopter?

Les mains de Peter se crispèrent sur le volant. Il la regarda du coin de l'œil.

– Que veux-tu dire? Tu dis des bêtises!

– Vraiment? Si Léna meurt, il faudra bien que quelqu'un prenne le bébé en charge. Il paraît qu'elle a failli mourir ce soir. Tu n'en a pas entendu parler?

– Si, Joanna m'en a parlé. Etrange. Jamais je n'aurais pensé que Léna Hickory était suicidaire.

– Eh... Tu n'es pas infaillible, Peter chéri. Tu commets parfois des erreurs, toi aussi.

– Oh, je t'en prie, Bridgie! Ne reviens pas là-dessus! Je n'ai aucun lien avec Léna Hickory, alors n'essaie pas de me coller quoi que ce soit sur le dos. Tu es épuisée, voilà tout.

– Est-ce tellement surprenant?

– Peut-être pas. La soirée s'est trop prolongée. Larcher avait l'air d'avoir son compte, lui aussi. Il me fait de la peine, assura Peter, désireux de changer de sujet.

– Presque tout le monde a pitié de lui. Mais personne ne se pose de questions à propos de Jo! Personne ne pense aux années qu'elle a passées à attendre Cecil.

– C'est qu'elle l'a bien voulu.

– Quel rapport entre la passion et la volonté? Jo a fait ce qu'elle a pu pour surmonter cet amour. Elle n'a pas revu Cecil pendant toutes les années où elle a vécu à Exeter. Si Papa n'avait pas insisté pour qu'elle revienne à Saint-Chad, peut-être se serait-elle enfin décidée pour un autre.

– Elle semble satisfaite...

– Je ne vois pas qu'elle ait des raisons de l'être. Je suis allée chez Cecil avec elle la semaine dernière. Dieu, c'est sinistre chez lui! Tout sent la première Mrs Larcher. Son divan, son fauteuil et son lit sont toujours à leur place. Même la tapisserie à laquelle elle travaillait avant d'être obligée de l'abandonner, et sa corbeille de couture, et son écritoire; tout est à la même place. Les meubles sont vieillots, les couleurs des rideaux et des fauteuils sont ternes.

– Joanna aura plaisir à moderniser sa maison.

– Vraiment? Crois-tu qu'elle osera changer quelque chose? Cecil va se cabrer. Il exigera qu'elle laisse tout dans l'état actuel. Elle va avoir l'impression de vivre avec un fantôme. Moi, je deviendrais folle dans un endroit pareil.

– Au moins, toi, c'est un problème que tu n'as pas, dit Peter sèchement. Tu es ma première femme, et certainement la dernière!

– Un coup de patte?

– Prends cela comme tu veux!

– Oh, Peter!

L'étincelle qui venait de s'allumer dans les yeux de Bridget disparut aussitôt; les larmes luisaient de nouveau.

– Pourquoi es-tu ainsi? Que nous est-il arrivé? Tu ne m'aimes donc plus?

Il eut un petit soupir d'impatience.

– Tout est compliqué avec toi. Tu ne t'es pas montrée très affectueuse ces derniers temps.

– Parce que je suis fatiguée, tendue... et j'ai tellement peur... ajouta-t-elle d'une voix rauque. Je t'aime, chéri. Tu le sais. Il n'y a jamais eu personne d'autre que toi. Si je te perdais, je me tuerais, je t'assure.

– Alors, calme-toi puisque je suis là! Et d'ailleurs, où irais-je si je vous quittais, toi et les enfants? Ma réputation en prendrait un coup. Alors, pour l'amour du ciel, fais un effort! Sois courageuse, je t'en prie! Que notre baby-sitter ne voie pas que tu as chialé. Les médecins sont comme des vedettes. Les gens bavardent volontiers sur eux.

– Comment tu vois les choses! C'est tout ce qui t'importe!

– Bien sûr que non. Je m'inquiète aussi pour toi, petite idiote. Mais cesse de tout dramatiser, considère plutôt ta chance. Bien des femmes t'envieraient.

– Peut-être.

Bridget se tamponna les yeux tandis que Peter engageait habilement sa voiture dans le garage et stoppait le moteur.

– Sois un peu gentil avec moi! Tu sais que j'ai horreur des sarcasmes.

– Tu es un bébé trop gâté!

Le ton n'était qu'à demi amical, mais Bridget était dans un tel désarroi qu'elle se serait accrochée à un fétu de paille. Aussi répondit-elle impétueusement :

– Oh, tu m'aimes, dis? Si un jour tu cessais de m'aimer, je jure que je me tuerais en avalant une dose de *Desherby*. Je le dis comme je le pense!

– Mieux vaudrait éviter cela. Songe aux ragots qui s'ensuivraient, répondit-il sur le mode taquin. Allons, viens te coucher, ma douce. Tu vas voir si je t'aime encore, oui ou non.

10

– Billie... ma petite chérie..., murmura amoureusement Christopher. Je me sens un autre homme ce matin.

– Et moi je me sens vieille, très vieille, soupira Billie. Quelle nuit infernale!

– Oh, ma pauvre chérie! Et vous venez ici à bicyclette, en plus! Vous devriez quitter Saint-Chad.

– Oh, Chris, c'est impossible! protesta Billie. Pas encore. Je voudrais me spécialiser dans les soins en maternité, et c'est à Saint-Chad que je reçois la formation la plus valable.

– Pourquoi? Pourquoi en maternité? demanda Christopher en fronçant les sourcils.

– Le travail est intéressant et ...

Billie hésitait, se mordillant la lèvre. La véritable raison était que Sean O'Halloran songeait à devenir gynécologue. A une certaine époque elle s'était vue faisant équipe avec lui, équipe médicale autant que conjugale. Elle s'était efforcée de convaincre Sean qu'elle n'était pas seulement une jolie fille agréable à fréquenter aux heures de loisir.

– ... J'aime bien les bébés, acheva-t-elle enfin d'une voix morne.

– Vous n'êtes vous-même qu'un bébé. Un bébé tout tendre qui ne demande qu'à se laisser câliner, dit Christopher.

Elle remettait de l'ordre dans le cabinet après les consultations de la matinée. Il la suivait, la serrant de près, et cela provoquait en elle un vague malaise.

– Cessez de me souffler ainsi dans le cou, dit-elle d'un ton agacé. Vous n'avez donc pas de tournée aujourd'hui.

– Rien qui presse. Je voudrais d'abord mettre les choses au clair... entre nous, je veux dire. Vous n'allez pas me faire attendre longtemps, n'est-ce pas, chérie?

– Je vous en prie, Chris, pas maintenant, dit-elle, au bord du désespoir. De toute façon... il est beaucoup trop tôt pour faire des projets. Pour vous, du moins. Que penseraient vos malades?

– Ils seraient bien contents. Regardons les choses en face! La pauvre Rosemary leur a donné du fil à retordre. Aux femmes surtout. Sa jalousie se déclenchait immanquablement dès qu'une patiente apparaissait. Une espèce de phobie. J'aurais dû m'en rendre compte plus tôt. Encore que je doute qu'elle eût consenti à consulter un psychiatre...

– En dehors de cela, il existe certaines conventions tacites, Chris. Dans un village ou même une petite ville, on a intérêt à les respecter. Mon père disait : « Il ne faut pas piétiner le champ d'autrui si on peut l'éviter. »

– Dans le cas présent, c'est inévitable. Impossible! Jugez vous-même de ma situation. J'ai besoin de vous, chérie. Maintenant. Et le bébé aussi a besoin de vous. Les gens comprendront cela.

– Ils penseront que vous auriez pu attendre encore un peu... et c'est aussi ce que je pense, insista Billie. Vous vous accrochez à moi comme à une bouée de sauvetage.

– Mais vous en êtes une! Une aimable, une adorable bouée de sauvetage! Cessez donc de tourner en rond où nous allons avoir le vertige tous les deux.

Christopher la saisit par les épaules et lui fit faire demi-tour pour la regarder dans les yeux.

– Chris, je vous en prie! Je suis si fatiguée, plaida-t-elle.

– Ma pauvre chérie! Si vous tenez à travailler à Saint-Chad, il faudra que je vous offre une petite voiture. Ce sera moins fatigant. Au fait, pourquoi demeurer chez les Elbure? Pourquoi ne pas venir habiter ici? Les Raine ont une chambre d'ami.

On aurait vraiment dit un gamin. Billie écarquillait les yeux. Elle ne le reconnaissait plus. C'était comme s'il était soudain délivré d'un fardeau.

– Ne me bousculez pas ainsi, dit-elle faiblement.

– Désolé! C'est que je peux à peine attendre...

Ses mains couraient sur son corps, son cou, son visage, caressant ses cheveux, rejetant doucement en arrière les mèches qui retombaient sur son front. Puis il l'embrassa. Le parfum de son eau de toilette lui plut. Menthe et pin. Le pin lui rappela son père. Que lui aurait-il conseillé? Aurait-il été content de la voir épouser un médecin de campagne et s'installer dans son village natal? Ou bien aurait-il regretté de la voir prendre la place d'une épouse défunte et élever son bébé?

La pitié ne l'égarait-elle pas? Pourtant, elle aimait bien Christopher; elle était à l'aise près de lui. Elle saurait le rendre heureux. Seulement... elle n'éprouvait rien de l'exultation, rien du vertige, rien du feu éblouissant... bref, rien de ce qui avait rendu si intense son idylle avec Sean.

– Chris, nous devrions parler sérieusement, dit-elle, haletante. Soyons raisonnables. Vous savez que j'ai été fiancée autrefois?

– Une seule fois? Il faut que les Canadiens soient bien lents à se décider!

– Oh, j'ai eu beaucoup d'amis. Trop, d'ailleurs. C'était là l'ennui. Sean était jaloux.

– Sean? Ce O'Halloran? Oh, ma douce, ce n'est pas un homme comme lui qu'il vous faut! Un de ces chirurgiens sans âme, comme dirait tante Molly. Elle pense que les chirurgiens n'ont pas de cœur, que ce sont des animaux à sang froid. Y compris son propre gendre!

– Patrick n'est pas du tout à sang froid en ce qui concerne Inez, répliqua Billie avec vivacité.

Elle eut l'impression que Christopher accusait le coup. Aimait-il toujours Inez au tréfonds de lui-même? Resterait-elle à jamais son idéal? Inez était belle, mais c'était aussi une femme de tête.

Comment une Rosemary agréable à regarder certes, mais à l'esprit étroit, eût-elle pu rivaliser avec Inez Raine?

– Moi non plus, je ne pourrais pas...

Billie se rendit compte qu'elle avait parlé à haute voix quand Christopher demanda sur un ton pressant :

– Vous ne pourriez pas? Qu'est-ce que vous ne pourriez pas?

– Rivaliser avec Inez. Si vous songez toujours à elle...

– Oh, ma chérie, les années ont passé! J'admire Inez. Qui ne l'admirerait pas? Je souhaite que nous restions bons amis. Mes prétentions se bornent à cela.

– En êtes-vous sûr?

– Absolument. Inez jette de temps en temps un coup d'œil sur son dévoué serviteur, comme le ferait une sœur. C'est tout. Je suis un poids plume, moi. Pas assez sérieux. Je ne me sens pas appelé à accomplir de grandes choses. Je ne saurais donc la satisfaire.

– Et vous croyez que vous pourriez me satisfaire, moi?

Elle ne put s'empêcher de laisser percer une pointe d'acidité dans sa voix. Mais Christopher se contenta d'éclater de rire et de l'étreindre plus fort.

– Vous, ma douce? Votre tempérament ne vous incline pas à la gravité. Pas de vocation exclusive pour vous. Vous êtes faite pour l'amour et le mariage. Votre destinée est de faire le bonheur d'un heureux élu, et je suis décidé à être cet élu. Nous sommes de la même race. Ne le voyez-vous pas?

De la même race? Vraiment? En surface, peut-être, mais dans le tréfonds? Que savait-elle de Christopher? Et lui, que savait-il d'elle? Où ses sentiments prenaient-ils racine? Devinait-il la densité des siens?

– Si j'aime, ce sera pour toujours, dit-elle lentement.

– Dieu en soit loué!

Il l'embrassait encore, quand la sonnerie du téléphone les fit sursauter. Billie se dégagea pour répondre. Le regard de Christopher était posé sur elle. Un regard de propriétaire, pensa-t-elle.

– Oui. Oui. Bien sûr. Garnett... Kellerton Road... tout de suite après le virage..., répétait-elle. Le Dr Denyer arrive immédiatement. Non, désolée! Le Dr Raine est déjà parti.

Elle raccrocha et se tourna vers Christopher.

– Vous avez entendu l'adresse? Il s'agit d'un enfant de quatre ans qui a sucé des tranquillisants. Sa mère n'arrive pas à le réveiller.

– Vous auriez dû lui dire de demander une ambulance à Saint-Chad. Il va lui falloir un traitement spécial.

– Je pensais qu'il serait plus rapide que vous alliez chercher la mère et l'enfant et que vous les conduisiez vous-même. Il se peut qu'il n'y ait pas d'ambulance disponible à cette heure-ci.

– Et si l'enfant meurt en route, c'est moi que la mère blâmera! J'ai assez d'ennuis comme cela!

– Oh, Chris, je vous en prie, supplia-t-elle. Vous n'allez pas vous décharger des cas délicats simplement parce qu'un ou deux malades se sont révélés plus compliqués que vous ne pensiez. Ressaisissez-vous! Faites montre d'un peu de pitié!

– Je n'ai pas de pitié pour les imbéciles qui laissent traîner des drogues à la portée de leurs enfants, protesta-t-il. Ils méritent ce qui leur arrive.

– Ne perdez pas votre temps, partez! Si vous sauvez l'enfant, la mère vous en sera éternellement reconnaissante...

Elle partit chercher sa trousse et son imperméable, puis elle le poussa dehors. Décidément, elle admettait mal ses atermoiements. Un bon médecin devait penser d'abord à ses malades, et ensuite à lui-même. Ç'avait été la règle de conduite de son père et c'était probablement celle du Dr Raine.

Molly l'attendait dans le salon, confortable mais bien défraîchi. Le petit Chris dormait paisiblement à côté d'elle, sur le canapé.

– Vous avez l'air fatigué, ma chérie, s'inquiéta Molly. La nuit a été dure?

– Terrible. Et puis... Oh, tante Molly, je ne sais plus que faire. Je me suis mise dans une situation bien embarrassante.

Curieusement, Billie se sentait plus proche de Molly Raine que de sa propre mère. Jane Primmer n'était pas du genre maternel. Elle avouait elle-même que si elle avait été une épouse et une mère passables, c'était au prix d'efforts considérables. A présent, mariée en secondes noces avec un jeune décorateur ambitieux, elle avait opté pour une existence douillette et insouciante. Mes filles ont l'âge de résoudre elles-mêmes leurs problèmes, disait-elle avec un sourire. Elle voulait vivre avant d'être vieille.

Molly Raine, épouse tendre et chaleureuse, savait attirer les confidences et partager son bonheur. Son visage, qui semblait dire : « Dieu est aux cieux, le monde est parfait », irritait souvent Inez et exaspérait Patrick. Mais Billie comme Christopher y trouvaient apaisement et assurance.

Molly ne partagea pas les pressentiments de Billie concernant son engagement éventuel. Elle était ravie, au contraire.

– Chris est un bon garçon et qui m'est cher. Il mérite un peu de bonheur, lui aussi; il le trouvera près de vous, proclamait Molly. Vous saurez tirer le meilleur de lui. Il a besoin de se sentir aimé et pris au sérieux. Il voudrait que les autres aient confiance en lui.

– La confiance, c'est le mot clef. Rosemary l'aimait d'une manière dont je ne serais pas capable. C'était un amour obsessionnel. Je souhaiterais le rendre heureux! Mais qu'adviendra-t-il de moi? Il ne fait vibrer en moi aucune musique; il ne suscite aucune flamme... rien de ce que Patrick fait naître chez Inez.

– Oh, ma chérie, voudriez-vous être perpétuellement sur le qui-vive? A mon avis, c'est inconfortable à l'extrême. Je ne supporterais pas ce climat de tension constante que connaissent Inez et Patrick. C'est plus une passion juvénile ponctuée d'accès de fièvre qu'un véritable mariage.

– Je comprends ce que vous voulez dire, acquiesça Billie. J'ai vécu cela quand j'étais fiancée à Sean O'Halloran. Terriblement excitant et intense par moments, et puis la chute subite dans les profondeurs glacées dès que j'osais m'affirmer...

– Exactement. Vous n'êtes faite ni pour les sommets ni pour les profondeurs ténébreuses, ma chère Billie. C'est dans la lumière et la douceur que vous vous révélez le mieux...

– Peut-être...

Billie soupira, et son soupir s'acheva en un bâillement irrépressible. Jamais elle n'avait été aussi lasse. Elle avait beau être très résistante, au moins physiquement, la tension de cette longue nuit l'avait anéantie. Et puis, ce long tête-à-tête avec Christopher ce matin!

– Je crois que je ferais bien de m'en aller, sinon je vais m'endormir dans ce fauteuil!

– Vous travaillez trop, dit Molly, sincèrement soucieuse. Vous ne pourriez pas abandonner le service de nuit?

– Oh, non. Je dois assurer mon tour. Dieu merci, toutes les nuits ne sont pas comme celle-ci.

– Et cette malheureuse fille qui a absorbé de l'herbicide? Que lui est-il arrivé en réalité? Pourquoi ce geste de désespoir?

– Elle n'est absolument pas désespérée. Elle l'a absorbé à son insu. Quelqu'un a voulu l'empoisonner.

– A l'hôpital? Mais c'est inconcevable! s'écria

Molly. Pourquoi donc? Pourquoi voudrait-on lui faire du mal?

– C'est toute la question. Pourquoi?

Elle résuma brièvement l'histoire de Léna, ou plus exactement ce qu'elle en connaissait, et mentionna le lien qui avait existé entre elle et les Palmer.

– C'est peut-être l'une des Palmer qui est responsable. L'aînée est infirmière-major à l'hôpital, n'est-ce pas?

– Oh, tante Molly! Les infirmières n'ont pas pour habitude d'empoisonner leurs malades, protesta Billie.

– Sir Jeremy n'obéit qu'à ses propres lois et il a pu enseigner cet orgueil aux siens, dit Molly sentencieusement. Si l'un des hommes du clan est le père du bébé, les filles peuvent avoir eu envie de se venger sur Léna.

– Peut-être auraient-elles envie de se venger, mais je doute qu'elles iraient jusqu'à empoisonner un panier de fruits.

– Vous dites que cette jeune femme n'a aucune famille?

– Oui. C'est un problème pour nous.

– Elle pourrait venir ici le temps de reprendre des forces. Elle s'occuperait du petit Chris, ajouta Molly spontanément. Richard insistait pour que je prenne une nurse. C'est parfois prenant, un bébé.

– Bien sûr. Vous avez été formidable. Je ne sais même pas comment vous faites pour vous occuper de tout et de tous, dit Billie. Si vous pouviez accueillir Léna, ce serait l'idéal. Elle veillerait sur les deux bébés et je suis sûre qu'elle se sentirait en sécurité chez vous. Si oncle Richard est d'accord...

– Oh, il sera d'accord! Ce ne sera pas pour longtemps, de toute façon. Juste le temps que cette malheureuse décide de son avenir, ou bien en attendant que vous et Christopher soyez mariés. Je suppose que ce sera un mariage discret, par respect pour la mémoire de la pauvre Rosemary. Mais nous organiserons tout de même une petite réception ici.

– Oh, je vous en prie!

Billie ne savait si elle devait rire ou pleurer.

– Je vous en prie, reprit-elle, ne projetez rien pour le moment. Je n'ai pas encore suffisamment réfléchi. C'est Christopher qui s'est mis dans la tête que c'est une affaire conclue. Moi, pour ma part, je ne veux rien précipiter.

– Chris ne renoncera jamais à vous, prophétisa Molly. C'est vous qu'il attendait depuis toujours.

« C'est parfait, mais est-ce bien lui que j'attends, moi? » se demanda Billie dans un accès de rébellion.

11

– Il est passé devant moi en me disant qu'il voulait voir Miss Hickory. Je sais qu'il est son médecin, mais il n'est pas si brutal d'habitude, expliquait l'infirmière Trent, la mine offensée. Oser me dire que je n'avais pas à traîner là et qu'il savait ce qu'il avait à faire... Je vous demande un peu!

– C'est bien, infirmière! Je vais parler au Dr Edmonds, dit Inez sur un ton neutre bien qu'elle fût d'accord pour trouver étrange le comportement de Peter Edmonds.

Le jeune médecin se montrait d'ordinaire courtois à l'extrême lors de ses visites à la maternité. Inez avait souvent souhaité que Christopher Denyer prenne exemple sur lui. En effet, Christopher avait une fâcheuse tendance à rendre visite à ses patientes aux moments les moins opportuns, quand l'envie lui en prenait. Il lui arrivait même parfois de s'attarder indûment, surtout depuis que Billie Primmer était dans le service.

Christopher n'avait rien fait pour dissimuler son inclination pour Billie, et Inez avait perçu les hésitations de la jeune fille. Contrairement à sa mère, Inez n'avait aucune hâte de voir Billie s'engager. Elle se sentait un peu responsable de la jeune infirmière qui était aussi la fille de vieux amis de ses parents. De plus, son affection pour elle était sincère et elle méritait mieux, à son avis, que cet homme dont le premier mariage avait été un échec. Et puis Billie était une excellente infirmière. Elle était douée, et la formation qu'elle avait reçue était irréprochable. C'eût été vraiment dommage qu'elle se détourne si tôt de son travail. Et même si elle était assez folle pour épouser Christopher, le bébé lui pèserait au cou comme une pierre.

Quant à Sean O'Halloran, il était sans doute beaucoup plus complexe que Christopher et il avait moins de charme. Toutefois, il était plus intelligent, plus exigeant; il entendait avant tout obéir à sa vocation. C'était un homme de valeur, aux yeux d'Inez. De surcroît, c'était le premier amour de Billie.

La pensée d'Inez revint à Peter Edmonds. Elle avait beaucoup de respect pour les généralistes traditionnels comme son père et le père de Billie Primmer; ils se comportaient en amis et confidents de leurs patients. En revanche, elle n'appréciait guère la nouvelle génération des médecins de cabinet, habiles, certes, mais indifférents. Peter Edmonds faisait partie de cette catégorie. Ses compétences n'étaient pas en cause, mais dès le premier signe de complication, il les dépêchait auprès d'un spécialiste. Il possédait l'art de ne pas prendre de responsabilités. Ses visites en maternité étaient en général brèves et de pure forme. Il fallait donc qu'il ait eu quelque grave raison personnelle pour congédier l'infirmière Trent et voir Léna Hickory sans être accompagné.

Léna n'avait pas encore réintégré le service général. Elle était seule dans sa petite chambre quand Peter Edmonds entra inopinément.

– Bonjour, Miss Hickory! Qu'avez-vous à dire pour votre défense? demanda-t-il sur un ton qui n'invitait guère à la confidence. Petite idiote!

– Moi? Idiote? Comment pouvais-je savoir que le fruit était empoisonné? riposta Léna avec vivacité.

– Un fruit empoisonné? répéta-t-il, l'air soudain perplexe. D'après ce que l'on m'a raconté, vous avez avalé de l'herbicide.

– Absolument pas! J'ai mangé une pomme empoisonnée. Ou plus exactement, j'ai commencé à la manger et aussitôt, ce fut comme si quelque chose me prenait à la gorge et m'étouffait.

Son corps menu frissonna à ce souvenir.

– Seigneur! J'ai cru que ma dernière heure était venue. C'était horrible.

– Je veux bien vous croire. Ainsi donc c'était un accident? J'aime mieux cela, dit Peter avec un soulagement évident. Je n'arrivais pas à croire que vous ayez voulu vous suicider. D'autant que c'est bien inutile. Personne ne vous oblige à souffrir en silence. Vous avez une langue, non?

– Me conseillez-vous de m'en servir? Sérieusement, Peter, me le conseillez-vous ? En dépit des conséquences inévitables?

Léna avait abandonné l'accent du Devonshire; Inez nota cela dès qu'elle atteignit le seuil de la chambre. Recroquevillée contre ses oreillers, Léna fixait Peter avec une intensité désespérée, comme si elle s'efforçait de deviner ses pensées. Il était debout près du lit, immobile, il la regardait en fronçant les sourcils.

– Je... Je ne sais pas, dit-il lentement. Cela soulèverait sans doute des problèmes... Mais songez aussi au bébé. Est-ce honnête envers lui d'agir ainsi?

– Je crois que oui. S'il me ressemble, il me sera reconnaissant plus tard de ne pas avoir cédé, de ne pas m'être soumise.

Léna ne louvoyait plus; elle parlait avec une détermination farouche :

– Je vous ai dit pourquoi j'étais partie et pourquoi je ne retournerai jamais là-bas. Je m'en sortirai, d'une manière ou d'une autre. Qu'on me donne seulement ma chance, c'est tout.

– C'est votre droit, dit-il d'un ton incertain, mais vous aurez du mal. Je voudrais pouvoir vous aider...

– Vous avez déjà fait ce que vous pouviez. Peter est vivant; il vivra. Moi aussi, à condition que l'on ne m'offre plus de fruits empoisonnés.

– Je veux croire que c'est l'un de ces accidents...

– Ce n'était pas un accident. C'était intentionnel.

– Qui aurait fait cela?

– Devinez.

Le silence tomba entre eux. Détournant la tête,

Léna aperçut Inez. Son visage pâle se colora légèrement et elle releva le menton.

– L'infirmière-major vient voir ce que vous faites, docteur, murmura-t-elle sur un ton légèrement goguenard.

Peter Edmonds sursauta. Il se tourna lentement vers Inez, l'air à la fois confus et chargé de défi. Inez se rappela immédiatement la réaction du jeune interne impétueux d'autrefois en apprenant que Bridget avait avalé une surdose de somnifère. Se sentait-il coupable envers Léna? Avait-il donc fait la cour à l'employée de ses beaux-parents? Etait-il dénué à ce point de discernement?

– Bonjour, docteur Edmonds, dit Inez posément.

– Bonjour, infirmière-major! Ce que vient de me dire Léna est-il possible? Y a-t-il eu tentative d'empoisonnement?

– Il n'y a encore aucune preuve, mais il semble bien que ce soit vrai, répondit Inez avec circonspection. Elle a mangé une pomme qui renfermait de l'herbicide, d'après ce que l'analyse nous a appris. Les maraîchers n'arrosent pourtant pas leurs fruits avec des produits toxiques.

– Bien sûr que non! dit Peter, décontenancé. Cette pomme provenait des cuisines de l'hôpital?

– Non. Elle était dans un petit panier comme en font les fleuristes ou les épiciers de luxe. Un envoi anonyme, d'après ce que j'ai compris.

– C'est vrai! Juste une carte imprimée, dit Léna en hochant la tête. Le panier est très joli. J'ai pensé que c'était un cadeau de lady Palmer.

– Absolument pas! Lady Palmer a été choquée et horrifiée quand elle a su ce qui vous était arrivé, dit Inez. Cela a même déclenché chez elle une crise d'angine de poitrine.

– C'est vrai? Pauvre chère femme! s'écria Léna. Désolée. Loin de moi l'idée qu'elle aurait pu empoisonner une pomme. Elle est bien incapable d'une telle lâcheté. C'est plutôt Joanna qui m'en voulait!

– Joanna? Elle peut être terriblement garce, je vous l'accorde..., dit Peter qui rougit en rencontrant le regard inquisiteur d'Inez. Mais je ne crois pas qu'elle irait aussi loin, ajouta-t-il. Pour quels motifs, d'ailleurs?

– C'est bien là le problème. Je ne vois aucun motif. En tout cas, l'infirmière-major Palmer est au-dessus de tout soupçon. C'est une infirmière hautement qualifiée et elle a le sens de ses responsabilités. Les infirmières n'ont pas l'habitude d'empoisonner leurs malades!

– Elles le font quelquefois... pour le profit... pour se débarrasser des malades. Dans certains foyers de personnes âgées, par exemple. J'ai lu des articles là-dessus.

Une fois de plus, Léna oubliait d'afficher son accent. Elle frissonna et regarda Inez, l'air angoissé.

– Ça peut arriver ici aussi, dit-elle. Ça a failli se produire. Infirmière, êtes-vous certaine que mon bébé est en sécurité?

– Absolument. Nos bébés sont mieux surveillés que les joyaux de la Couronne! assura Inez. Oubliez vos inquiétudes. Je suis décidée à tirer cette affaire au clair.

– L'affaire de la pomme empoisonnée!

Léna eut un petit rire nerveux.

– Un classique, n'est-ce pas? La première affaire du genre a dû se dérouler dans les jardins de l'Eden. Et puis il y a eu Blanche-Neige et sa belle-mère jalouse. Seulement, dans mon cas, il n'y a pas de belle-mère...

Elle se tut subitement, pressant ses deux mains sur ses lèvres en un geste enfantin.

– Si... Vous avez une belle-mère? Et un père? demanda Inez aussitôt.

Léna secoua énergiquement la tête.

– Je n'ai personne. Seule au monde... Rien que moi et Peter.

– Vous vous conduisez comme une petite fille, dit Inez avec sévérité. Si vous avez des parents, vous devriez nous permettre de prendre contact avec eux. Vous ne pouvez pas rester à l'hôpital indéfiniment, vous savez.

– Laissez-nous aller. Nous nous débrouillerons!

Léna retrouva son expression boudeuse et fermée. Inez avait une envie folle de secouer la jeune femme. Peter Edmonds plissait le front.

Le silence fut interrompu par l'arrivée de Billie, toute rouge après sa course rapide en vélo de West Wheystone à l'hôpital.

– Désolée de vous déranger, infirmière-major, dit-elle haletante. Mais je ne pouvais pas attendre...

– Infirmière Primmer! Que faites-vous ici? Vous devriez être au lit, dit Inez sur un ton sévère. Vous êtes de service ce soir.

– Je sais, infirmière-major. Je vais me coucher

tout de suite. Je voulais seulement vous faire part d'une idée formidable. Pour Léna et son bébé. Tante Molly... enfin Mrs Raine, pourrait les accueillir jusqu'à ce que Léna ait pris des dispositions concernant son avenir. Elle s'occuperait du petit Chris, le bébé du Dr Denyer, et elle soulagerait ainsi Mrs Raine d'une partie de son travail. Le petit Chris lui prend beaucoup de temps, et le Dr Raine insiste déjà depuis quelque temps pour qu'elle prenne une nurse.

Inez resta muette pendant quelques instants, luttant contre l'irritation qui montait en elle. L'idée était excellente, au moins en tant que remède temporaire, mais pourquoi ne l'avait-on pas consultée? Plus précisément, pourquoi n'y avait-elle pas songé elle-même? D'autant qu'elle avait protesté quand sa mère lui avait fait part de son intention de prendre provisoirement en charge le bébé de Christopher.

« A ton âge, c'est trop de travail », avait-elle dit, mais sa mère s'était contentée de rire en répliquant qu'un bébé dans une maison conservait sa jeunesse à une femme.

Ce n'était pas à Billie Primmer, simple nièce par adoption, de se rendre compte de la situation de Molly Raine et d'y trouver une solution! Billie en prenait décidément à son aise. Et puis, pourquoi tenait-elle tant à mener de front son service à Saint-Chad et son activité de réceptionniste du Dr Raine et du Dr Denyer? C'était ridicule! Quand elle était de service le matin à l'hôpital, elle allait le soir à West Wheystone en vélo pour y accueillir les patients.

Qu'est-ce qui poussait Billie à combler le vide que Rosemary avait laissé? Etait-elle sérieusement attirée par Christopher? Etait-ce par amour qu'elle se donnait tant de mal? Inez fut troublée de la mauvaise humeur que suscita en elle cette éventualité. N'avait-elle vraiment en vue que le bonheur de Billie, ou bien éprouvait-elle à son insu une tendresse jalouse pour l'homme qu'elle avait failli épouser? Elle n'avait tout de même pas l'esprit assez vulgaire pour se cabrer à l'idée que Christopher puisse être heureux avec Billie!

– Si je puis me permettre de donner mon avis, je trouve cette idée formidable, s'écria Peter Edmonds avec vivacité. Léna, vous seriez en sécurité chez les Raine.

– En sécurité? Sans doute! L'infirmière-major Palmer n'oserait pas envoyer des pommes empoisonnées chez les Raine. Sir Jeremy adore le Dr Raine, d'après ce qu'il m'a semblé. Il n'est pas le seul, je crois. C'est le médecin le plus aimé de la région.

Léna oubliait à nouveau son accent. Pourtant sa voix était rauque; elle porta une main à sa gorge, comme si elle avait mal.

– Je n'ai guère d'expérience en matière de nourrissons. Les chevaux, oui...

Elle faisait un effort manifeste pour paraître désinvolte, mais Inez avait l'impression que ce ton forcé cachait de l'appréhension; Léna redoutait le jour où elle devrait quitter Saint-Chad avec son bébé.

– N'ayez aucune inquiétude. Mrs Raine saura

vous conseiller. C'est un ange, dit Billie impulsivement. Vous venez de parler des Palmer. Ce sont eux qui vous ont envoyé le panier de fruits?

– Rien ne le prouve jusqu'à présent, dit Inez sur un ton bref.

Aucun des acteurs de cette scène ne s'aperçut de l'arrivée de l'infirmière Trent sur le seuil de la porte. L'attention de tous était concentrée sur la patiente.

– Je dois dire cependant que Joanna Palmer ne m'a jamais aimée, et c'est la personne la plus implacable que je connaisse! ajouta Léna. Si elle s'était mis dans la tête que j'étais une menace pour les siens...

– Elle n'aurait pas pu... ni voulu..., commença Peter dont la voix s'éteignit avant d'avoir formulé une pensée précise.

– Ne laissons pas vagabonder notre imagination, dit Inez fermement. Infirmière, je vais penser à votre suggestion. J'en parlerai avec ma mère. Et maintenant, au lit!

– D'accord, infirmière-major.

Billie fit demi-tour et faillit bousculer Peggy Trent qui pénétrait dans la chambre.

Peggy, qui, soit par hasard, soit intentionnellement, semblait vouée à n'apporter que de mauvaises nouvelles, interpella Inez :

– Infirmière-major! S'il vous plaît, infirmière-major! On a besoin de vous. La dernière admise... Teniot, je crois, fait une vilaine hémorragie. L'infirmière-chef m'envoie vous chercher.

– Polly Teniot? Oh, mon Dieu! Elle a déjà

tellement souffert, s'écria Billie malgré elle. Puis-je me rendre utile?

Inez la gratifia d'un regard glacial.

– Oui, infirmière. En obéissant aux ordres et en allant vous coucher immédiatement! Quant à vous, infirmière Trent, ne vous agitez pas ainsi dès qu'une patiente a des ennuis...

Peggy Trent secoua la tête avec tant d'énergie que son bonnet glissa en arrière.

– L'infirmière-chef m'a dit de me dépêcher, répliqua-t-elle. Et puis, si vraiment je ne donne pas satisfaction, pourquoi ne me changez-vous pas de service?

L'insolence qu'Inez avait constatée dès son arrivée en maternité n'avait pas désarmé. Sous la direction incertaine de l'infirmière-major Airdrie, les infirmières les plus anciennes n'en faisaient qu'à leur guise, et les plus jeunes n'étaient guère actives. Celles qui tenaient à se perfectionner avaient purement et simplement demandé leur mutation. Inez s'était donc trouvée à la tête d'un personnel médiocre, dépourvu d'esprit d'équipe et travaillant sans coordination. Elle remplaçait peu à peu celles qui refusaient de s'adapter à la nouvelle direction.

Peggy Trent n'avait pas la vocation; Inez s'en était aperçue très vite. Peggy avait atterri parmi le personnel hospitalier pour tuer le temps dans l'attente d'un mari acceptable. Le bruit courait qu'elle visait Sean O'Halloran.

– C'est mon intention, répondit Inez avec calme. Le travail en maternité ne vous convient pas du tout. Votre nervosité ne fait qu'ajouter à la détresse des mères.

A travers ses cils blonds comme le sable, Peggy Trent lança un regard venimeux à Inez. Se faire rabrouer devant une malade, un médecin et une collègue, c'en était trop. Peggy se sentit mortifiée. L'infirmière-major Raine était décidément trop imbue d'elle-même. Sous prétexte qu'elle était la fille de Richard Raine et l'épouse de Patrick Elbure, elle s'arrogeait tous les droits.

Inez s'éloigna de son pas rapide. Peggy aurait dû la suivre. Au lieu de cela, elle s'arrêta près du lit de Léna.

– Je suis contente que vous vous remettiez, Miss Hickory, dit-elle avec un sourire ambigu. Désolée d'avoir interrompu une réunion aussi importante...

– C'est bon, infirmière, dit Peter Edmonds. Les urgences n'attendent pas; je crois qu'on a besoin de vous, je ne vous retiens donc pas. Je trouverai bien la sortie tout seul.

Billie se dirigeait vers la porte; Peggy Trent n'avait aucune raison de s'attarder.

Peter s'arrêta un moment sur le pas de la porte. Il se retourna vers la jeune femme toute pâle dans son lit.

– Courage, ma chère! dit-il avec une gentillesse non feinte. Vous serez comme un coq en pâte chez les Raine. On dit partout que Mrs Raine est d'une grande bonté. Seulement, veillez à ce que le veuf éploré ne tombe pas amoureux de vous!

– Le Dr Denyer? Il paraît qu'il a un faible pour l'infirmière-major et que l'infirmière Primmer a des visées sur lui, répondit Léna avec indifférence. L'infirmière Primmer est une excellente fille, elle fait tout ce qu'elle peut pour aider les autres, mais je ne veux pas d'un travail inventé pour moi. Cela ressemble trop à une charité.

– Il ne s'agit pas de cela. Je crois volontiers que Mrs Raine trouve un peu astreignant de s'occuper du bébé. Songez qu'elle assure en même temps la bonne marche de la maison : elle prend les coups de téléphone, fixe les rendez-vous. Ma femme n'arrive pas à s'occuper de nos enfants, et elle est pourtant beaucoup plus jeune que Mrs Raine ! Et encore n'a-t-elle pas à répondre au téléphone. C'est un service que vous rendriez aux Raine, croyez-moi. C'est le fond de ma pensée.

– J'ai horreur d'habiter chez les autres, dit Léna dans un accès de rébellion. Cela me donne l'impression d'être un chat errant à qui l'on offre un refuge.

– Vous n'aurez pas cette impression avec Mrs Raine, dit Peter avec conviction. Soyez raisonnable ! Vous ne pouvez pas espérer trouver un logement et du travail au moment précis où vous le désirez. En plus, vous n'êtes pas encore assez forte pour lutter pour vous et Peter. Faites au moins un essai chez les Raine, ne serait-ce que pour le bien de votre bébé.

– Oui, bien sûr, il faut que j'essaie, mais...

Sa voix rauque s'éteignit peu à peu. Elle refoula des larmes prêtes à jaillir.

– Ça va marcher, vous verrez ! Et maintenant, je m'en vais, sinon cette petite infirmière impertinente va faire courir des bruits sur notre compte.

– Cela ne m'étonnerait pas. Je parie qu'elle

écoutait à la porte, tout à l'heure. Elle est toujours l'oreille tendue quand les patientes ont des visites. Je l'ai surprise plusieurs fois. Elle n'est pas sympathique. Elle flatte les clientes riches et leur procure des choses défendues, des cigarettes par exemple, ou du chocolat. En revanche, elle est très rude avec celles qu'elle juge sans importance.

– Des gens comme elle, il y en a partout. Allons, détendez-vous à présent; reposez votre gorge. Vous croassez comme un corbeau.

– Je sais.

Les larmes lui montaient aux yeux en dépit de ses battements de paupières.

– C'est terrible de penser qu'on a voulu me tuer. Supposez qu'elle essaie de nouveau...?

– *Elle*? Vous ne savez pas...

– Préférez-vous que je vous soupçonne, *vous*?

– Ciel, non!

Le jeune médecin eut l'air tellement consterné que Léna ne put s'empêcher de sourire à travers ses larmes.

– Mais non, voyons. Je ne vous soupçonne absolument pas. Vous auriez pu éliminer le bébé dès que vous avez su qu'il était en route. Or vous ne l'avez pas fait. Vous êtes capable d'un égoïsme forcené, comme la plupart des hommes, mais vous êtes un médecin avant tout, pas un tueur. Vous répugnez même à la chirurgie, n'est-ce pas?

Peter Edmonds la considérait avec un respect mêlé de surprise.

– Vous lisez dans les pensées? Il se trouve que

vous avez raison. Vous me connaissez beaucoup mieux que Bridget. Bon sang! Pourquoi ne vous ai-je pas rencontrée avant elle?

– Je n'étais pas en âge de me marier à l'époque où vous avez fait son premier bébé à Bridget Palmer, lui rappela Léna. Quant à moi, je n'aurais pas voulu de vous. Vous êtes trop égoïste et trop satisfait de vous. Vous aimez une vie routinière. Pas moi. Vous feriez mieux de tirer le meilleur parti possible de l'épouse que vous avez choisie. Elle vous aime encore.

Peter eut un léger sourire.

– Toujours rugueuse et intrépide? Toujours décidée à refuser tout contact avec votre famille? Vous ne faites rien pour vous faciliter l'existence.

– C'est à vous que je vais faire la vie dure si vous ne partez pas! Je suis sûre que l'infirmière Trent est en train de chronométrer votre visite.

Cette dernière remarque eut pour effet de mettre Peter en fuite; mais le mal était déjà fait. Peggy Trent, qu'Inez avait renvoyée dans la salle principale, vit Peter passer et ne manqua pas d'en tirer ses conclusions.

Peggy se rendait compte avec déplaisir que ses collègues ne l'appréciaient guère malgré l'argent et les objets qu'elle prêtait sans rechigner et sa petite voiture dont elles profitaient largement. Peggy était issue d'une famille aisée. Elle se montrait souvent d'une prodigalité folle, et certaines de ses compagnes ne répugnaient pas à exploiter sa générosité. Toutefois, celles qui poursuivaient leur formation avec sérieux la méprisaient pour sa paresse et son inconstance.

Peggy était en troisième année; elle devait passer bientôt son diplôme de fin d'études. Les jeunes filles qui avaient commencé leur formation en même temps qu'elle l'avaient jugée depuis longtemps. En revanche, les nouvelles étaient faciles à impressionner. Certaines, à la suite d'une contrariété, aimaient entendre ses commentaires piquants sur leurs supérieures. Et de plus Peggy était prodigue en conseils sur l'art et la manière de resquiller.

Inez, qui déjeunait à l'une des tables des infirmières-majors à la fin de cette matinée exténuante, laissa errer son regard à travers le vaste réfectoire. Elle aperçut quelques nouvelles groupées autour de Peggy. Elle se demanda vaguement ce qui captivait à ce point ces jeunes cervelles. Le compte rendu impertinent de la résistance d'une étudiante de troisième année face à une infirmière-major abusive? L'hostilité à la discipline qu'elle faisait régner dans le service n'inquiétait nullement Inez. Elle se méfiait cependant des agissements de Peggy dans les chambres particulières. Elle la soupçonnait de procurer en fraude des produits interdits aux malades soumises à des régimes. Cela ne pouvait être toléré. Il fallait muter Peggy. Elle en toucherait un mot à l'officier principal de Santé.

Hermione Kirtonbury avait révisé son opinion sur Inez qu'elle avait d'abord considérée comme un produit de la classe privilégiée qu'elle haïssait. Certes, Hermione conservait un préjugé défavorable, résultat d'une enfance malheureuse et pauvre. Mais c'était aussi une femme intelligente et sensible. Elle n'avait pas tardé à apprécier les capacités incontestables de l'infirmière-major Raine à qui elle avait confié un poste clef. Une collaboration fructueuse s'était instaurée entre elles.

Inez voulait inciter l'officier principal de Santé à mettre au pas le brutal Ron Teniot. Son infortunée jeune femme avait fait une nouvelle crise grave le matin. Elle avait toujours besoin de soins intensifs. De retour chez elle, Polly ne serait pas en état de reprendre les lourdes tâches que son mari lui imposait. Une longue période de convalescence serait nécessaire.

Ne fût-ce que pour sa tranquillité d'esprit, il était bon qu'Inez ne sût pas lire sur les lèvres! Elle eût été indignée des paroles de Peggy.

– Je vous assure, j'ai tout entendu de mes propres oreilles. Evidemment, on ne saura jamais rien officiellement. Tous ces gens-là se tiennent les coudes. Mais en fait, ils n'ont aucun doute, c'est l'infirmière-major Palmer qui a fait le coup.

– Oui, mais pourquoi? Dans quel dessein? murmura une auditrice avide.

– Pour sauver la peau de son cher beau-frère. Tous ces Palmer croient que la terre leur appartient. Prétentieux comme personne! Plutôt gênant pour eux si l'affaire venait à s'ébruiter. Un médecin et l'une de ses patientes! L'Ordre des médecins aurait son mot à dire.

– Il ne fait pourtant pas l'effet d'être un

homme de ce genre. Je le croyais plutôt collet monté, protesta quelqu'un.

– Ce sont les pires, dit Peggy avec assurance. Prenez un type aimable et souriant, Christopher Denyer par exemple, il vous fera du baratin, mais gentiment et sans insister. On ne le voit jamais rôder autour d'une malade. Peter Edmonds, lui, est toujours exagérément digne avec nous, les infirmières; on dirait qu'il n'a pas encore quitté les jupons de sa mère. Mais c'est un malin et un sournois.

Plus d'une auditrice douta de cette assertion. Toutes celles qui avaient côtoyé le Dr Edmonds le jugeaient plutôt courtois et correct jusqu'à la raideur.

– Je vous assure que j'ai bien entendu. L'infirmière-major m'a renvoyée, mais je suis revenue sans bruit près de la chambre. « Vous auriez pu éliminer le bébé dès que vous avez su qu'il était en route. Or, vous ne l'avez pas fait », disait la petite Hickory. Et c'est pourquoi l'infirmière-major Palmer est intervenue plus énergiquement...

– D'accord, elle ne m'inspire pas confiance, concéda une infirmière de deuxième année qui n'appréciait guère son stage dans la salle de l'infirmière-major Palmer. C'est un despote. Elle nous traite comme des enfants.

– Ou des mauvaises herbes, ricana une autre qui se considérait comme la victime préférée de l'infirmière. Facile pour elle de se procurer de l'herbicide. Il doit y en avoir des bidons entiers au manoir...

12

– Mais... c'est une injustice flagrante! Vous avez fait tout ce que vous avez pu. Billie dit que vous avez sauvé la vie de cette femme, protestait Léna avec chaleur. On ne peut pas vous blâmer parce que l'un des jumeaux était mort-né.

Christopher souriait, touché de cette prise de position franche. Rencontrant son regard bleu si amical qui semblait l'interroger, Léna rougit et détourna la tête. Peter dormait paisiblement dans son berceau, au dehors, tout près de la porte vitrée du salon des Raine. Le petit Chris réclamait son attention en pleurant quand Molly Raine avait appelé Léna pour le thé, quelques minutes auparavant.

Peut-être était ce dû à son séjour prolongé à Saint-Chad où la vie était parfaitement réglée, en tout cas, le petit Peter était facile. Chris était beaucoup plus exigeant. Molly Raine, maternelle et fondante de pitié pour cet enfant sans mère, avait toujours cédé à ses caprices. Il faudrait à Léna du temps et de la diplomatie pour redresser les choses.

Cette perspective ne lui déplaisait pas. Elle

n'habitait chez les Raine que depuis une quinzaine, mais elle savait déjà qu'elle était prête à faire montre d'une patience d'ange pourvu que le Dr Denyer s'en trouvât bien. Elle savait que c'était sottise de l'aimer, car tout indiquait qu'il était fou de Billie Primmer. Qu'importe! Personne ne connaîtrait jamais ses sentiments. Elle était passée maître dans l'art de garder ses secrets.

Quelle ironie du sort tout de même, pensait-elle, de tomber amoureuse pour la première fois dans ces circonstances, de se sentir attirée par ce veuf presque fiancé à une autre fille. On aurait pu la traiter de masochiste, mais il n'en était rien. Elle était simplement heureuse d'être là, de voir Christopher plusieurs fois par jour, de veiller sur son enfant et de l'écouter parler de ses problèmes.

– Ce n'est pas normal, dit le Dr Raine sur un ton calme mais ferme. L'homme est un excellent fermier qui s'entend bien avec ses voisins. Nous ne le laisserons pas vous diffamer de la sorte, Chris. Il y a toujours des gens prêts à croire n'importe quoi. Je vais aller voir ce Teniot.

– Le pauvre homme n'accepte pas la perte de son fils, dit Molly avec compassion. Il a dû être durement touché.

– C'est entièrement sa faute. Sa malheureuse jeune femme a été honteusement négligée. Il lui avait même interdit de venir à nos consultations, riposta Christopher. Et maintenant, c'est sur moi et Walters qu'il rejette la responsabilité.

– Et pourquoi pas sur les Palmer? Sans cette

réception, Walters et moi aurions été disponibles immédiatement, observa Richard Raine. L'enfant n'aurait d'ailleurs pas eu plus de chances d'être sauvé, du moins à mon avis. Les Teniot peuvent s'estimer heureux d'avoir une fille. Je vais lui expliquer cela en clair, à ce Teniot.

– Merci, dit Christopher avec gratitude. (Il y eut un bref silence, puis il ajouta en hésitant :) Je ne suis pas le seul médecin sur la sellette. Selon Billie, des bruits courent aussi sur le jeune Edmonds.

Il y eut un autre silence. Christopher et Molly regardèrent en même temps la jeune femme sur le canapé. Léna n'avait plus cette expression morne et résignée qui la caractérisait à l'hôpital. Son teint était encore pâle, mais faisait songer à l'ivoire satiné d'une fleur. Et le regard de Molly glissa jusqu'au splendide magnolia en fleurs qui se dressait dans le jardin. Léna était encore trop maigre, mais elle avait déjà repris un peu de poids. Elle n'était pas vraiment jolie. Cependant ses cheveux ambrés, ses traits fins et ses yeux noisette pétillants d'intelligence lui donnaient de l'attrait. Ses amis s'en apercevaient peu à peu.

Il y avait en elle une vitalité contenue, une force ardente et une volonté d'indépendance qui frappaient Christopher. Il la comparait à l'un de ces chats à demi sauvages toujours aux aguets à la limite des bois qui entouraient Saint-Chad. Les autorités faisaient les gros yeux, prétendant qu'ils étaient une menace pour l'hygiène, mais les gens des cuisines les faisaient amicalement profiter des restes. Ils acceptaient l'offrande avec une grâce hautaine, mais dès qu'un étranger approchait, ils disparaissaient dans les buissons.

Léna était ainsi. Elle acceptait l'hospitalité des Raine et les en remerciait, mais elle ne se confiait pas à eux. Elle maintenait ses distances.

Personne ne s'approprierait jamais Léna. Personne jamais ne l'achèterait. Elle ne s'accrocherait jamais à un homme. Christopher l'admirait beaucoup. Cependant d'une certaine manière, sa réserve l'exaspérait. Ses hôtes étaient pourtant devenus des amis. Pourquoi ne pas leur dire la vérité? Pourquoi ce silence obstiné sur son passé et ses amours malheureuses?

Le bruit courait que Peter Edmonds avait été l'amant de Léna. Etait-ce vrai? Ce jeune médecin à la mine sévère et distante avait-il perdu la tête avec l'employée de ses beaux-parents? Il aurait pourtant dû comprendre que c'était folie. Avait-il trouvé Léna irrésistible? Il n'avait tout de même pas été assez fou pour mettre son avenir en péril par amour pour elle!

– Peter Edmonds?

C'était le Dr Raine, le front barré d'un pli, qui rompait le silence prolongé.

– Il a l'air tout à fait correct. Qu'est-il supposé avoir fait? Négligé un malade?

Christopher hésita un moment. Les traits minces de Léna se durcirent sous son regard insistant; l'expression chaleureuse et ardente avait disparu, faisant de nouveau place au masque impénétrable de naguère. Ce masque irritait Christopher à l'extrême, pour une raison qu'il aurait probablement refusé d'admettre.

– Il paraît qu'il aurait fait la cour à l'une de ses jeunes patientes....

Christopher n'acheva pas sa phrase. Léna relevait déjà la tête, le défiant du regard.

– Il s'agit de moi, je suppose? Eh bien, c'est faux! Personne ne peut faire un tel reproche à Peter. D'ailleurs, l'infirmière-réceptionniste était présente durant chacune de mes visites à son cabinet.

– D'accord! Mais quand vous travailliez chez les Palmer? Vous n'êtes jamais restée en tête à tête avec Edmonds? lui lança Christopher sur le ton de la provocation.

– Si cela vous intéresse... (Les yeux de Léna étincelaient à présent.) Peter aime les chevaux. Il aimait venir aux écuries, à l'occasion. Peggy Palmer était presque toujours là; Bridget l'accompagnait parfois; elle monte à cheval aussi.

– Vous l'appelez par son prénom, c'est donc que vous le connaissez bien.

– Et alors?

– Votre bébé se prénomme Peter.

– Et alors? N'avez-vous jamais eu une cliente reconnaissante qui a donné votre nom à son bébé?

Ils se mesuraient du regard comme s'ils avaient été seuls. Christopher interrogeait et provoquait des yeux. Il aurait voulu empoigner Léna par les épaules et la secouer pour obtenir la vérité. Elle l'affrontait avec rage et défi, comme si elle l'avait deviné.

Le regard de Molly Raine allait de l'un à l'autre. Elle percevait la tension subite entre eux, et cette scène la mettait mal à l'aise. Peut-être avait-elle manqué de discernement en suivant la suggestion impulsive de Billie? Certes, Léna était un présent du ciel pour le petit Chris; elle était prête à rendre service en toute circonstance. Mais cette jeune femme était habitée de pulsions qui déroutaient et effrayaient Molly. Léna était farouchement indépendante et secrète; l'opposée de Billie toujours si chaleureuse et ouverte. Molly aimait sa nièce par adoption comme sa propre fille. Or son intuition lui disait que Léna menaçait l'avenir qu'elle espérait pour Billie et Christopher. Désemparé depuis la mort tragique de Rosemary, Christopher retrouvait peu à peu son tempérament jovial et affable d'autrefois depuis que Billie fréquentait la maison. Billie pourtant ne le bousculait en rien, mais il tendait à redevenir celui qu'il avait été aux jours anciens.

– Quand cesserez-vous de vous barricader? rageait-il. Vous pourriez au moins nous dire la vérité.

– Je n'ai jamais menti.

– Vous savez très bien ce que je veux dire. Vous pourriez nous dire la vérité sur l'enfant, insista Christopher.

– Je le pourrais, oui, mais pourquoi? rétorqua Léna. Ce n'est pas votre affaire, docteur Denyer!

– Doucement, ma chère, intervint Richard Raine à sa manière paternelle. Christopher ne cherche pas à satisfaire une curiosité abusive. C'est que tous ici nous nous inquiétons sincèrement de vous...

– Je vous remercie, mais c'est inutile!

Les lèvres de Léna tremblaient comme si l'aveu de cette affection véritable avait touché un point sensible.

– Je... Docteur Raine, ce n'est pas sotte obstination de ma part, croyez-moi, je vous prie.

– Vous n'osez pas nous faire confiance? demanda Richard Raine, avec plus de sympathie que de reproche. Les médecins savent garder les secrets.

– Je sais. Mais la vérité ne profiterait à personne; elle ne pourrait que faire du mal, dit Léna, beaucoup moins agressive. Je ne veux pas blesser des innocents simplement parce que... disons... la pitié m'a égarée un moment.

– La pitié? reprit Christopher, incrédule.

Léna eut pour lui un sourire qui, curieusement, semblait recéler toute la sagesse du monde.

– Oui, la pitié peut être aussi dangereuse que la passion. Beaucoup plus, même. La passion, on s'en méfie, on peut la refréner. Tandis qu'avec la pitié, on n'a pas conscience sur l'instant jusqu'où elle peut mener. Billie, elle aussi, a découvert cela à ses dépens, si je ne me trompe.

– Billie?

Les yeux de Christopher se plissèrent.

– Que voulez-vous dire?

– Je parle d'elle et de vous. Je crois qu'il y a plus de pitié que d'amour de son côté, expliqua Léna sans détour. Elle m'a raconté ses fiançailles rompues. Elle avait simplement eu pitié de cet homme malheureux en ménage, mais son fiancé a mal pris la chose. Il n'a pas compris.

Il y eut un autre silence poignant. Puis Molly s'inquiéta subitement :

– Au fait, où est Billie? Elle prépare les consultations?

Billie était de service de jour à l'hôpital et venait à vélo pour les consultations du soir.

– Non. Elle n'est pas libre, dit Léna. Je lui ai promis de la remplacer. Les bébés devraient dormir, mais je resterai vigilante, au cas où ils se réveilleraient. Elle m'a mise au courant. Nous avons pensé que vous n'y verriez pas d'inconvénient, docteur Raine.

– Mais non, aucun. C'est même une excellente idée, répondit le docteur. Cette enfant s'est surmenée ces derniers temps. Elle a besoin de se détendre après sa journée à l'hôpital.

– Se détendre? Parfait, mais avec qui? intervint Christopher, crispé. Elle est occupée. Avec qui? Elle ne m'a pas prévenu.

– Pourquoi vous raconterait-elle sa vie? Elle n'est pas votre propriété, n'est-ce pas?

Ils s'affrontaient une fois de plus.

– Il est question que je l'épouse!

– *Vous* espérez...

Les lèvres mobiles de Léna se plissèrent en un léger rictus.

– Et Billie? Elle a suivi son ex-fiancé depuis

Montréal. Etes-vous certain de le lui faire oublier? Elle a beaucoup d'affection pour vous, mais dès que l'autre lèvera le petit doigt...

Molly dévisageait la jeune femme avec une consternation évidente. Léna se ravisa alors brusquement.

– Oh, excusez-moi! Cela ne me regarde pas, dit-elle abruptement. Je vais mettre les enfants au lit. J'irai prendre mon service ensuite.

Elle se leva d'un mouvement souple, le bébé endormi toujours blotti contre elle. Elle se dirigea vers la porte dans un silence complet. Christopher bondit subitement pour la lui ouvrir.

– Bon sang! souffla-t-il avec rage tandis qu'elle passait devant lui. Où voulez-vous en venir?

– Je fais ce que vous me pressez de faire : je vous dis la vérité. C'est tout. Vous savez, peu m'importe que vous vous conduisiez comme un fou!

La voix de Léna exprimait une colère sourde.

– Vraiment! dit Christopher avec une nuance de surprise. Je crois au contraire que cela vous importe, mais je ne comprends pas pourquoi.

– Moi non plus! Si ce n'est que Billie a été tellement bonne pour moi...

Christopher la suivit dans le vestibule, entraîné malgré lui.

– Puis-je me permettre de prendre mon petit bonhomme pendant que vous allez chercher le vôtre?

Geste rarissime chez lui. Jusque-là, il n'était pas parvenu à s'intéresser à son fils. Et voilà que subitement un sentiment de possession l'habitait.

Le petit Chris était à lui, à lui et bientôt à Billie. Léna n'avait donc pas à l'accaparer comme s'il était à elle!

– Merci, si vous n'avez rien de plus urgent à faire, répondit Léna avec froideur.

Elle mit le bébé dans les bras de son père.

Il la considérait avec une expression étrange dans ses yeux d'ordinaire si limpides: une expression où se mêlaient rancune et égarement. Il percevait avec acuité la présence de Léna. Elle s'en aperçut; elle vit aussi qu'il était incertain quant à la conclusion qu'il devait tirer. Elle l'avait fait sortir de ses gonds, et il lui en voulait. Il préférait être materné et choyé, c'était plus confortable. Il avait encaissé de rudes coups pendant ses années de mariage; le drame final l'avait terriblement atteint. Il n'était manifestement pas prêt à se laisser piéger de nouveau.

– Si Billie est sortie, je n'ai rien de spécial à faire. C'est le Dr Raine qui assure les consultations ce soir, dit Christopher d'un ton légèrement offensé. Où est Billie? Il semblerait qu'elle vous fait ses confidences...

– Elle est franche avec tout le monde, riposta Léna. C'est son caractère. D'ailleurs, elle n'a rien à cacher. Je suppose qu'elle souhaiterait que je lui fasse également confiance en retour.

– Ce qui n'est pas le cas, n'est-ce pas?

– Me prenez-vous pour l'une de ces créatures irresponsables qui lancent des grenades pour s'amuser? (Elle eut un petit rire moqueur et sans joie.) Sachez que l'on ne me confesse pas si facilement. Le père de Peter ne sait même pas que Peter existe!

– Il ne sait rien? s'écria Christopher avec incrédulité. Mais alors, ce n'est pas Peter Edmonds le père?

Elle eut un haussement d'épaules rapide, signe d'impatience autant que de dénégation. Elle s'engagea dans le petit couloir. Pourquoi ne sortait-elle pas par la porte-fenêtre du salon? C'eût été plus court. Craignait-elle de déranger les Raine? Billie n'aurait pas hésité; mais elle faisait déjà un peu partie de la famille. Léna était une étrangère. Elle habitait sous le toit des Raine depuis une quinzaine de jours mais elle s'en tenait à un cérémonial rigoureux, considérant les Raine comme ses employeurs.

Quelle créature étonnante! Evasive et curieusement tentante, elle provoquait Christopher comme il ne l'avait plus jamais été depuis l'époque lointaine où il faisait une cour exaltée à Inez.

Les femmes qui étaient venues ensuite l'avaient idolâtré et gâté. Même Billie le traitait comme un petit garçon qui viendrait de s'écorcher en tombant. Inez avait été la seule à lui donner l'impression d'être un homme... jusqu'au jour où elle avait rencontré Patrick Elbure. Elle avait alors clairement fait comprendre à Christopher Denyer qu'il ne faisait pas le poids à ses yeux.

Des émotions enfouies remontaient en lui tandis que Léna revenait à pas silencieux, son bébé dans les bras. Le temps si souvent trompeur de cette fin de mai était devenu subitement chaud; Léna portait une robe de soie toute droite, à rayures vertes et blanches. Il reconnut cette robe qui le ramena tout à coup plusieurs années en arrière. Pourquoi lui rappelait-elle Inez avec autant de vivacité? Non pas Inez Elbure expérimentée et sûre d'elle, mais la jeune Inez Raine ardente et intrépide.

Il ne put s'empêcher de remarquer :

– Cette robe, je l'ai déjà vue avant, il me semble...

– Très possible. L'infirmière Raine a laissé bon nombre de vêtements quand elle a quitté le cottage. Elle a dit à Mrs Raine d'en disposer pour des ventes de bienfaisance.

– Elle vous va bien. Vous avez quelque chose d'Inez en vous. A votre âge, elle était férocement fière, évasive et indépendante...

Dans le salon, Molly Raine regardait son mari; un pli profond se creusait entre ses sourcils.

– Richard, je n'aime pas cela. Chris a abandonné sa tasse de thé. Pourquoi a-t-il suivi Léna, à ton avis?

– Pourquoi les hommes suivent-ils les femmes, ma chérie? C'est un processus naturel et normal, répondit en souriant son mari. Tu devrais être heureuse de voir Chris retrouver sa véritable personnalité.

– Avec Billie, oui. Pas avec Léna Hickory. Cette jeune femme me met mal à l'aise, confessa Molly. Elle est bien élevée, elle se tient bien à sa place, mais elle est insaisissable.

– Vois-tu ma chérie, les êtres qui ont été

profondément blessés peuvent ou s'effondrer, ou bien dresser des barrières autour d'eux pour se protéger.

– Léna? Profondément blessée? Par l'homme qui l'a abandonnée?

– Je crois que sa blessure est bien plus ancienne. Ce n'est pas le père de Peter qu'elle pleure.

– Qui donc?

– Peut-être son propre père. Ce n'est qu'une supposition, mais qui expliquerait ses affinités avec Billie. Billie, elle aussi, a reçu un choc terrible à la mort de son père. C'est pourquoi son demi-engagement avec Christopher ne me satisfait pas tout à fait, ajouta le Dr Raine lentement. Nous ne devons pas souhaiter la voir s'attacher à une figure paternelle.

– Chris n'a rien de paternel. Au contraire, c'est encore un gamin.

– Il a tout de même dix ans de plus qu'elle. Ne retrouve-t-elle pas parfois quelque chose de Bill Primmer en Christopher? Bill aussi avait cette chaleur et cette légèreté, dit Richard Raine, l'air songeur. Franchement, ma chérie, je préférerais voir Billie avec un garçon de son âge, un garçon plus exigeant qui la révèle à elle-même.

– Et qui la blesse? Chris, lui, ne la blessera jamais.

– Ma chérie, une vie riche ne peut être exempte de blessures. Si Billie épousait Christopher, elle se retrouverait épouse et mère sans avoir été amoureuse. Elle s'installerait tout de suite dans la routine des couples qui ont dépassé la trentaine. Il se pourrait qu'elle ne prenne jamais conscience de ce dont elle aurait été privée; mais si elle s'en rendait compte un jour...

Un peu plus tard dans la soirée et dans un cadre tout différent, Billie écoutait des remarques similaires. L'*Auberge du Cheval et du Braque*, à quelques miles de Saxham, n'était plus typiquement campagnarde même si quelques éléments de décoration rustiques avaient été conservés. Ses propriétaires entreprenants avaient opté pour la mode des paniers-repas et du gril à des prix raisonnables. Le plafond bas et les poutres en chêne foncé étaient toujours là, mais on avait supprimé la cloison séparant le comptoir de la salle pour disposer un plus grand nombre de petites tables et de chaises confortables.

L'auberge avait très rapidement gagné en renommée grâce à ses prix abordables. Aussi était-elle devenue populaire parmi les jeunes gens désireux de sortir leurs petites amies sans vider trop dangereusement leurs poches.

Cela ressemblait bien à Sean de choisir un endroit en rapport avec ses moyens, pensait Billie au moment où il engageait sa vieille voiture cabossée sur le parking. Il était susceptible jusqu'à l'absurde dès qu'il s'agissait d'argent. Même quand ils étaient tous deux étudiants, il n'aurait pas accepté qu'elle payât pour lui bien qu'il sût que son père lui allouait une pension généreuse.

Les saucisses et les chips dressées au centre d'une couronne de cresson étaient préparées avec soin, le café sentait bon. Mais cette salle bondée, bruyante de bavardages et de rires, n'avait rien de romantique, pensait Billie avec un vague regret. C'était son troisième rendez-vous avec Sean depuis qu'elle était en Angleterre. Les deux précédents avaient ressemblé à celui-ci, dans le même décor, et s'étaient terminés orageusement.

Pourquoi Sean ne se donnait-il aucune peine pour lui faire plaisir? Pourquoi s'obstinait-il à croire qu'elle ne désirait que passer quelques heures avec lui? Pourquoi se croyait-il obligé de lui faire la leçon comme un vieil oncle radoteur?

– Evidemment, si vous vous contentez d'un mariage de raison avec un don Juan vieillissant qui a surtout besoin d'une nurse ou d'une gouvernante, je veux bien, disait Sean sentencieusement. Il y a des filles qui se satisfont de peu.

– Vous faites exprès de tout caricaturer! D'abord, Christopher n'a que quelques années de plus que vous. Et puis ce n'est certainement pas un don Juan. Il se trouve simplement qu'il a un caractère affable et que quelques femmes essaient d'en tirer avantage, répliqua Billie sur la défensive. Quant au reste, si inconcevable que cela vous paraisse, Chris est amoureux de moi.

– Après l'avoir été d'Inez Raine, puis d'Ursula Shelley, puis d'Evelyne Elbure, et enfin de Rosemary Harker qui s'est accrochée à lui comme une sangsue! C'est vraiment flatteur pour vous, siffla Sean. J'ai étudié le cas de ce garçon. Malheureux en amour sur toute la ligne. La seule fille qui a voulu l'épouser n'a pu le retenir. Elle vivait dans les affres de la jalousie. Car enfin, il vous faisait déjà la cour avant la mort de sa femme, n'est-ce pas? Franchement comment jugez-vous ce genre d'amour?

– Là, vous êtes grossièrement injuste. Le passé de Christopher ne vous regarde pas, et en quoi me concerne-t-il?

Sean continuait à mastiquer tranquillement! Billie avait l'impression qu'elle allait étouffer à la prochaine bouchée. Elle le foudroya du regard.

– Ce sont pourtant des faits, non? poursuivait-il. Vous ne pouvez pas tout effacer d'un simple coup d'éponge. Et le pourriez-vous, comment savoir si l'avenir ne sera pas la répétition du passé? Comment réagirez-vous quand vous serez clouée chez vous avec son bébé pendant qu'il s'attardera, le soir, sans que vous sachiez où ni avec qui? La jalousie ne vous tourmentera-t-elle pas?

– Je ne suis pas d'une nature jalouse. Si j'aime, je fais confiance.

Elle rejeta en arrière ses boucles brillantes d'un mouvement de tête qui se voulait désinvolte.

– Et vous, il me semble que vous parlez beaucoup de jalousie mais fort peu de confiance. Je ne pourrais pas vivre si j'avais votre cynisme et votre caractère!

– Vous ne pourriez pas vivre avec moi, alors?

Sa voix s'étouffa, subitement mal assurée.

– Il fut un temps où vous m'avez laissé croire que vous teniez à moi. N'était-ce qu'un jeu?

– Non. Oh, non, certainement pas!

Etait-ce l'atmosphère surchauffée et enfumée qui lui brûlait les yeux, faisant battre ses paupières plus rapidement? Les voix et les rires bruyants s'élevaient et retombaient autour d'elle comme des instruments mal accordés. Ses oreilles bourdonnaient tant qu'elle dut se pencher pour saisir les paroles de Sean, murmurées d'une voix rauque.

– Vous m'avez aimé, Billie, j'en jurerais. Et moi, j'étais prêt à vous épouser. Il n'y a jamais eu d'autre fille pour moi...

– Oui, je vous ai aimé, répondit-elle, la gorge sèche. C'est vous qui avez été incapable de me faire confiance. Je voulais seulement soulager quelqu'un qui souffrait, mais vous avez tout de suite cru que j'étais infidèle. Je ne supporterais pas de vivre avec un être possédé d'une jalousie aussi corrosive.

– Vous ne supporteriez pas cela? Et si je vous promettais de me surveiller?

– Oh, Sean! Vous en seriez incapable! C'est sans espoir! J'ai vu comment la jalousie obsessionnelle de Rosemary oppressait Christopher. Il m'a fait pitié. Il était comme un prisonnier sur parole.

– Et maintenant qu'il est libre, il vous fait toujours pitié? Ou avez-vous vraiment succombé à son charme tant vanté? Billie, soyez honnête avec moi!

– Je suis toujours honnête, mais vous me plongez dans la confusion. J'aime beaucoup Christopher. C'est le plus gentil et le plus doux des hommes, dit-elle avec prudence. Il veut m'épouser. Nous pouvons être heureux ensemble. Pourquoi pas?

Sean demeura silencieux pendant quelques instants, le regard morose. Billie soupira longuement, espérant que le plus difficile était fait. Il faudrait bien qu'il accepte sa décision sans renâcler, comme elle avait accepté la sienne naguère, le jour où il lui avait déclaré tout net que leurs fiançailles étaient rompues car il ne se résoudrait jamais à épouser une fille aussi « papillonnante ».

Il porta sa tasse de café à ses lèvres, la vida d'un trait et la reposa avec brusquerie.

– Vous avez terminé? demanda-t-il en inclinant la tête vers l'assiette encore à demi pleine. Si oui, partons!

C'était donc fini entre eux cette fois? Etait-elle libre d'épouser Christopher? Théoriquement, elle l'était déjà lors de leur première rencontre; mais elle avait l'impression qu'elle se devait d'annoncer elle-même son mariage à Sean avant que la nouvelle ne devînt officielle. Elle avait saisi l'occasion qui s'offrait quand il l'avait appelée inopinément au téléphone pour lui proposer de sortir avec lui ce soir-là.

Elle s'était promis de rester calme et froide, de refuser de se laisser engager encore une fois dans l'une de ces discussions tendues de jadis. Mais, comme d'habitude, Sean l'avait épinglée pour lui faire la leçon. On jasait sur elle et Denyer, avait-il rapporté avec un mécontentement visible.

C'était ainsi qu'avait débuté, à Montréal, la querelle qui avait provoqué leur rupture. Sean lui ayant reproché les bruits malveillants qui circulaient sur elle et sur un médecin dont le ménage ne marchait pas. Le souvenir de cette douleur ancienne était encore suffisamment vivace en Billie pour avoir raison des apparences tranquilles qu'elle s'était soigneusement composées. Quelques commentaires caustiques de Sean avaient suffi pour qu'elle se sente désespérément jeune et mal assurée.

Elle n'en montra rien cependant. Elle le suivit hors de la salle enfumée dans l'air froid du soir tout en se raisonnant. Il ne devait pas soupçonner qu'il avait encore le pouvoir de la blesser.

Il ne prit pas son bras. Il ne l'attendit même pas. Aucun geste de courtoisie. Il était déjà au volant de sa voiture et mettait le contact quand elle atteignit la voiture. Dans son impatience, il fit même s'emballer son moteur tandis qu'elle triturait la poignée de la portière.

– Ah, excusez-moi! C'est fermé, dit-il brièvement en se penchant pour relever le loquet.

– Fermé? Pour moi? Préféreriez-vous que je rentre à pied?

– Avec ces sandales à talons hauts? Ne soyez pas sotte! Vous ne réussirez qu'à vous tordre une cheville.

– Qu'est-ce que cela pourrait bien vous faire!

Il ne répondit rien, ce qui était étonnant. Billie sentit son cœur battre quand elle s'installa non sans peine sur le siège usé. Sean était bizarre. Elle avait l'impression d'être rejetée. Elle en frissonna. Pour la première fois, elle eut la vision d'un avenir où Sean et elle n'auraient plus rien à se dire s'ils se rencontraient par hasard.

Il prit la direction de Saxham à vive allure, comme s'il avait hâte que s'achève cette soirée. Billie était silencieuse, se persuadant qu'elle était heureuse d'être cahotée pour la dernière fois dans la vieille guimbarde de Sean. Si un jour il acquérait une voiture décente, elle ne serait plus avec lui. Elle serait la femme de Christopher et posséderait sa voiture à elle.

Il prit un virage à toute vitesse en arrivant près de l'hôpital et dut freiner violemment pour éviter une ambulance qui dévalait de l'allée. Billie fut projetée contre lui. Elle se retint involontairement à son bras. Comme ce bras était mince et dur! Un bras jeune mais vigoureux, avec ce poignet fin et cette main sûre de chirurgien, pensa Billie en réprimant un sursaut de nostalgie qui lui broya le cœur.

– Excusez-moi! dit-il brièvement en s'engageant dans l'avenue bordée d'arbres qui longeait l'hôpital, puis la nouvelle annexe et enfin le manoir Elbure. Un peu plus loin, une allée étroite rarement empruntée serpentait entre des arbres. Au premier virage, Sean monta sur le talus herbeux planté de hêtres aux branches basses. Des rameaux se prirent dans les cheveux de Billie.

D'abord surprise, elle leva la main pour se dégager. Sean coupa le contact, se tourna et, d'un geste vif et inattendu, il lui saisit les poignets. Il attira Billie contre lui, avec impétuosité. Elle eut un petit gémissement.

– Pourquoi? gronda-t-il sourdement. Pourquoi vous ne seriez pas heureuse avec ce Denyer...? Vous voulez que je vous démontre pourquoi?

– Sean, non! Je vous en prie... Lâchez-moi...

Ses protestations furent étouffées sous la pression impérieuse de ses lèvres sur les siennes. Le choc était suffoquant et l'emprise des doigts d'acier douloureuse autour des poignets fins de Billie.

Elle aurait voulu crier : « Arrêtez! Vous me faites mal... », mais ses lèvres étaient paralysées sous les siennes.

– Sean... je vous en prie, vous ne résoudrez rien de cette façon, dit-elle dans un souffle quand il relâcha enfin son étreinte. Laissez-moi...

– D'accord! Puisque vous le voulez...

Il rejeta la tête en arrière et lâcha ses poignets. Ses cheveux flamboyants étaient dressés en broussaille. Il y avait souvent passé les doigts au cours de la soirée. C'était chez lui un signe de concentration intense. Cette « crête de coq », comme elle disait autrefois pour le taquiner, lui redevint subitement familière et réveilla en elle une émotion ancienne. Elle tendit timidement la main pour l'aplatir.

– Non! dit-il rudement. Je ne veux pas qu'on me caresse comme un petit chien. Je ne veux pas être tenu en laisse. Décidez-vous ici, maintenant et définitivement. C'est votre dernière chance. A prendre ou à laisser.

– Ma dernière chance? Expliquez-vous.

– C'est votre dernière chance de prendre avec moi la route la plus difficile. D'être mon dernier amour en même temps que le premier. Je vous aimerai pour le meilleur et pour le pire. Oh, je n'aurai guère le temps de vous conter fleurette et je n'ai pas grand-chose à vous offrir. Mais ce que je possède, ce que je suis, tout sera vôtre. Et puis... il n'y aura pas de fantôme dans l'ombre. Cela vous suffit-il, Billie?

Elle répondit par un soupir qui monta du fond de son cœur, presque un sanglot. Ses mains se nouèrent d'elles-mêmes sur la nuque de Sean. Elle tendit vers lui ses lèvres frémissantes. Grâce à lui, elle sortait enfin d'elle-même. Un courant sauvage et irrésistible l'entraînait. Mais en même temps, une sensation de triomphe la parcourait, l'inondait d'un bonheur qu'elle n'avait jamais connu.

13

– Comment a-t-on osé faire cela? J'ai peine à imaginer une pareille monstruosité! Vous attaquer aussi bassement, vous! dit Cecil Larcher, indigné. J'étais furieux. Je les ai avertis que j'exigerais une enquête approfondie. Celui ou celle qui a lancé cette infamie la paiera cher.

– Chéri, vous êtes bouleversé! s'étonna Joanna.

Elle n'avait pas vu Cecil dans un tel état depuis l'époque lointaine où il s'était rendu compte que l'on jasait à leur sujet. Son seul souci, alors, avait été de protéger sa femme. Aujourd'hui, il était aussi fermement décidé à protéger sa fiancée. Joanna en fut réconfortée.

– Cela va de soi! C'est une calomnie inacceptable. Vous qui prodiguez vos soins aux malades depuis tant d'années, vous soupçonner d'avoir empoisonné une jeune mère...

Cecil était sincèrement choqué; son visage était rouge, ses yeux lançaient des éclairs.

– Quel mobile avance-t-on? J'ai posé la question. On m'a répondu que vous cherchiez à couvrir votre famille; Bridget et son mari en particulier.

– Vous n'y avez pas cru?

– Mon Dieu, non! Que vous importe au fond si le jeune Edmonds a fait des sottises? Votre affection pour votre sœur n'est pas si fanatique. Vous ne vous jetteriez pas dans les flammes pour lui épargner un chagrin, n'est-ce pas?

Elle secoua sa tête blonde.

– Chéri, je ne me jetterais dans les flammes pour personne au monde, excepté pour vous, répondit-elle avec sincérité.

– Je le savais bien! dit-il triomphalement. Je vais faire en sorte que tout l'hôpital le sache. Je ne supporterai pas de voir votre avenir compromis du fait de ces bavardages malfaisants. Je vais en parler à l'officier principal de Santé. J'irai jusqu'au Conseil d'administration s'il le faut.

– Vous me semblez d'humeur bien belliqueuse, vaillant chevalier!

Il rougit un peu plus.

– Ne vous moquez pas, Jo! Je ne suis peut-être qu'une vieille perruque pour quelques-uns, mais je crois être encore capable de dégainer mon épée pour vous défendre.

– Oh, Cecil, je ne me moquais pas! Je suis profondément touchée au contraire... et fière...

Des larmes brillèrent au bord de ses cils et sa voix d'ordinaire froide et contrôlée trembla légèrement. Cecil la regarda et un élan de tendresse le submergea.

– Ma chère petite..., dit-il en l'entourant d'un bras protecteur. Vous devriez connaître mes sentiments. N'avez-vous pas assez souffert? Je ne veux pas que l'on vous fasse souffrir encore. Autrefois, je ne pouvais rien, j'avais les mains liées. A présent, j'ai le pouvoir de vous défendre.

Dans un éclair, Cecil se demanda pourquoi Joanna lui était apparue jadis si redoutable, sous prétexte qu'elle savait organiser sa propre vie et avait tenté de lui dicter sa conduite. Ce qu'il prenait pour de l'outrecuidance l'avait rebuté à l'époque. En réalité, elle était aussi féminine qu'une autre. Elle aussi avait besoin de la protection d'un homme. Elle aussi était capable de pleurer, d'avoir peur, d'être blessée. Elle avait été ébranlée lorsqu'il lui avait rapporté les bruits qui couraient. Elle était incrédule et inquiète. Sa chère Jo, si loyale et fidèle, n'avait pas mérité ce nouvel affront, pensait-il avec tendresse. Personne n'avait le droit d'attaquer sa future épouse!

– Jo, je voudrais que tu cesses tes manœuvres défensives pour une fois, s'impatientait Lilian Palmer. Je suis ta mère. Pourquoi me dissimules-tu tes pensées? Je n'ai rien fait pour mériter cela.

– Bah... A quoi tout cela rime-t-il? dit Joanna avec un sourire vague. Tu n'as plus à t'occuper de moi maintenant.

– Est-ce bien sûr? Allons, que s'est-il passé? Tu avais l'air terriblement fatiguée et anxieuse ces derniers temps; et ce soir, tout d'un coup, on dirait que tu viens de te débarrasser d'un fardeau trop lourd.

– Il y a un peu de cela, en effet.

Joanna avait pris l'habitude de n'écouter qu'elle-même. C'était devenu comme une seconde nature. Il était possible que sa mère eût ressenti cela comme une frustration, mais c'était le résultat des recommandations de sir Jeremy à ses trois filles : épargner tout souci à leur mère! En outre, Joanna ne savait pas si sa mère ne révélerait pas certaines confidences à son mari.

– Alors, tu ne veux rien me dire, ma chérie? Mon intuition me disait que ces fiançailles ne t'apportaient pas un bonheur complet...

– Eh bien, je suis heureuse maintenant. Très heureuse même, avoua Joanna en souriant au souvenir de la scène où l'amour de Cecil s'était enfin pleinement révélé. Cecil m'aime. Cependant, il a fallu une attaque malveillante contre moi pour qu'il en prenne conscience.

– Une attaque malveillante?

– Je ne vois pas d'autres mots... Quelqu'un, sans doute une infirmière mal disposée à mon égard, a fait courir le bruit que j'avais tenté d'empoisonner Léna Hickory avec de l'herbicide. On prétend que c'est moi qui ai envoyé le panier de fruits.

– Quelle raison avance-t-on?

– Ce serait pour protéger Bridget et Peter, ou quelque chose de ce genre, d'après ce qu'a entendu Cecil. Il est furieux, conclut Joanna avec fierté.

– Bridget et Peter? répéta Lilian Palmer, abasourdie.

– Oui. Parce que Peter serait le père de l'enfant de Léna.

– Oh! C'est ridicule! D'abord parce qu'il n'en a jamais eu l'occasion. Ensuite parce qu'il sait parfaitement de quel côté se trouve sa chance. Pas de danger qu'il prenne des risques!

Ce n'était pas dans les habitudes de Lilian Palmer de s'exprimer aussi clairement. Joanna considéra sa mère avec curiosité.

– C'est ton opinion? Ou bien en sais-tu plus long? J'imagine que Bridget est au courant de ces bruits. Si tu es certaine qu'ils sont faux, tu ferais bien de l'apaiser.

– C'est ce que je vais faire, soupira lady Palmer. Jo, tu as tort de me cacher certaines choses. Après tout ce que j'ai enduré, ce n'est pas un problème de plus ou de moins qui aggravera mon état.

– Si nous avons été injustes à ton égard, c'est père qu'il faut blâmer. Son obsession à lui, c'était ta tranquillité à tout prix.

– Je sais. C'est peut-être ce qui m'a fait le plus de mal. Jo, tu ressembles à ton père par certains côtés. Ne commets pas les mêmes erreurs que lui. Ne protège pas trop Cecil contre les vents et les marées. Affronte-les avec lui.

– Oui. Je commence à comprendre. Il a besoin de croire qu'il me protège. En définitive, celui ou celle qui a voulu me nuire m'a rendu service.

Mère et fille se sourirent, plus proches qu'elles ne l'avaient jamais été. Inutile désormais de s'inquiéter pour Joanna, pensa Lilian avec gratitude. Son aînée avait touché au port saine et sauve. Peggy était heureuse parmi ses chevaux et les nombreux amis qu'elle savait se faire au hasard des concours hippiques. Seule Bridget restait un problème. Pour une fois, la « petite fille à son papa » se confierait à sa mère!

Le lendemain, une autre mère et une autre fille prenaient le thé ensemble. C'était un événement extraordinaire. Inez, si souvent exaspérée par sa mère, était à présent envahie d'une compassion sincère à son égard. Elle se sentait un peu coupable de n'avoir pas été la fille aimante, démonstrative et confiante que Molly aurait souhaitée. Billie était apparue comme un substitut idéal. Or Billie était en train de jeter une ombre sur les rêves de Molly.

– Je comprends ce que tu ressens, dit Inez avec sympathie. Quoi de plus charmant qu'un mariage entre Billie et Chris! Ils se seraient installés à Bay Cottage, en face de chez toi. Mais pour Billie, n'aurait-ce pas été une fin au lieu d'être un commencement?

– Comment peux-tu dire cela? Chris est un gentil garçon, alors que ce jeune Canadien arrogant va blesser la douce enfant. Je le sais bien, ajouta Molly tristement.

– Possible. Mais elle juge sans doute que cela vaut la peine. Sean est de ceux qui se donnent corps et âme. Billie aura tout de Sean alors qu'elle sait bien qu'elle n'aura jamais tout de

Chris. Il s'est donné trop de fois, il a été trop prodigue de son amour.

– Mais non! C'est seulement une nature chaleureuse et affectueuse. Il aime Billie. Ce coup va l'abattre, une fois encore. Il comptait déjà beaucoup sur elle, protesta Molly.

– Pas de chance! Il faudra qu'il se relève tout seul.

– Comme tu es rude, chérie. Il y a des hommes qui ont besoin d'une main pour les guider quand les choses vont mal.

– La plupart des hommes, en effet. Mais certains sont trop fiers pour l'admettre, dit Inez en esquissant un sourire. Où est Chris ce soir?

– Il est à son cabinet. Billie a téléphoné pour prévenir qu'elle ne viendrait pas. C'est donc Léna qui l'aide et c'est moi qui surveille les bébés.

Molly remplit sa tasse pour la troisième fois et remua son thé refroidi d'un air absent.

– Chris dit qu'elle est intelligente. Mais... Inez, je ne suis pas tranquille.

– Ah? Léna est une nature renfermée, certainement, concéda Inez. Elle fait un peu penser à un sphinx.

– Oui, c'est cela. Enigmatique et fascinante. Elle attire malgré tout.

– Ses mouvements sont précis et adroits. Cela m'a frappée dès qu'elle s'est levée, à l'hôpital. Elle a de la race. J'aimerais bien savoir d'où elle vient, et pourquoi elle a quitté sa famille.

– Elle ne le dira jamais, dit Molly avec conviction. Chris a essayé de la faire parler, mais elle lui a tenu tête. Je suis mal à l'aise quand je les vois ensemble. Suppose qu'elle l'ensorcelle?

– Oh! Peu vraisemblable. Elle n'est pas son genre.

– Peut-on jamais savoir? Nous avons vu des choses plus étranges! En tout cas, ce serait désastreux. Les gens croiraient tout de suite que Peter est son fils. Pourquoi n'a-t-elle pas raconté qu'elle était veuve... ou au moins divorcée?

– Il y a des gens qui ne savent pas mentir. Il faut la prendre comme elle est. Une chose est sûre : elle a du caractère.

– Quoi qu'il en soit, il existe un individu qui la hait suffisamment pour vouloir l'empoisonner, dit Molly d'un air sombre. A-t-on trouvé le ou la coupable?

Inez secoua la tête. Quand les premières rumeurs concernant Joanna lui étaient parvenues, elle avait fait de son mieux pour les étouffer. Une infirmière hautement qualifiée s'attaquant à une malade sans défense, c'était inconcevable.

Un silence chargé de sous-entendus tomba entre les deux femmes. Elles sursautèrent quand la sonnette retentit impérieusement. Il était rare en effet que l'on sonne à la porte d'entrée. Les malades et leurs proches se dirigeaient directement vers le cabinet de consultation. Les amis entraient sans sonner, la porte restant ouverte jusqu'à la tombée de la nuit.

– J'y vais, dit Inez, heureuse de cette interruption.

En fait, elle n'avait plus grand-chose à dire

pour adoucir les regrets de sa mère. Se souvenant du visage radieux et des yeux brillants de Billie après cette soirée avec Sean, Inez ne douta pas que la jeune fille avait pris la seule décision possible pour elle. Certes, Billie aurait eu une vie plus facile et plus égale avec Christopher, mais elle n'aurait jamais eu l'occasion de s'exprimer pleinement. Si elle préférait un parcours accidenté, plutôt qu'un chemin paisible, avait-on le droit de la critiquer? Inez avait fait un choix similaire et ne l'avait jamais regretté.

Elle ouvrit la porte d'entrée. Elle ne put s'empêcher de lever les sourcils tant son étonnement était intense.

– Lady Palmer! Quelle surprise! Quelle bonne surprise! ajouta-t-elle précipitamment.

Son regard se porta au-delà de la visiteuse inattendue. Une petite voiture mal rangée stationnait dans l'allée. Autre surprise. Elle ne savait pas que lady Palmer conduisait.

– Il fallait absolument que je vienne, dit Lilian Palmer sans préambule. J'ai emprunté la voiture de Peggy. Je ne voulais pas que l'on sache où j'allais.

– Vous auriez dû passer un coup de fil, je serais allée vous chercher.

– Vous êtes gentille, mais je suis heureuse au volant, bien que mon mari ne veuille pas l'admettre, sourit Lilian. Votre mère est-elle chez elle?

– Oui. Entrez, lady Palmer!

Au comble de l'étonnement, Inez lui montra le chemin du salon. Les deux femmes échangèrent des salutations et lady Palmer se carra dans un vieux fauteuil confortable. Inez voulut se retirer, mais lady Palmer lui fit signe de rester.

– Je crois qu'il serait bon que vous écoutiez aussi ce que j'ai à dire à votre mère, dit-elle. Votre position à Saint-Chad est influente, ma chère, et vous saurez mieux que personne comment faire taire les bruits horribles qui circulent sur Joanna. Vous êtes au courant, n'est-ce pas?

– Oui... j'ai essayé de les étouffer. Je sais que ces rumeurs sont sans fondement.

– Merci, ma chère! Sans fondement, dans une certaine mesure seulement, je le crains. Ce n'est pas Joanna qui est impliquée dans l'affaire... Ah, ces jeunes! Ils s'imaginent que nous, leurs mères, sommes incapables de regarder les réalités en face. Pourquoi vouloir nous ménager à tout prix? Nous avons pourtant connu, nous aussi, bien des crises avant leur naissance!

– C'est leur manière à eux de nous montrer qu'ils nous aiment, répondit Molly. Mais je suis d'accord avec vous, c'est fort irritant parfois.

– Pire. Cela peut aboutir à des catastrophes. C'est hier seulement que Joanna m'a parlé des bruits qui circulent à son sujet. J'étais au courant des fruits empoisonnés. C'est ce qui a provoqué mon malaise le soir des fiançailles de Jo, vous vous en souvenez? Mais j'étais à cent lieues de penser que l'on accuserait Jo.

Molly hocha la tête avec sympathie.

– Dieu merci, Léna a survécu. Elle va beaucoup mieux à présent.

– J'en suis si contente. Il faudrait que je lui parle. Si seulement elle était venue me voir tout de suite, que de peines auraient été évitées, dit Lilian avec regret. Tout le monde me traite comme si j'étais en porcelaine.

– Il suffirait pourtant d'un seul grain de jugeote pour réaliser que vous êtes faite d'un matériau autrement plus solide, puisque vous avez surmonté les orages qui ont traversé vos quarante années de mariage avec sir Jeremy, s'écria Inez avec une franchise qui fit rire Lilian Palmer aux éclats.

– Vous avez raison. Vous êtes très perspicace, ma chère, je souhaiterais que ma famille le soit autant.

– Ils vous considèrent comme leur bouclier, observa finement Molly. En vous protégeant, c'est eux-mêmes qu'ils protègent.

– Peut-être, mais j'aurais aimé que mes filles au moins me créditent d'un peu de bon sens. J'en ai beaucoup plus qu'elles, contrairement à ce qu'elles croient. Par exemple, il ne me serait jamais venu à l'esprit que mon gendre courait après Léna. Cette jeune femme a « du chien », comme on disait dans ma jeunesse, mais elle devrait attirer plutôt des hommes plus âgés. Les jeunes gens la trouvent trop indépendante. Quant à elle, inconsciemment, elle est à la recherche d'un père. Elle adorait son père.

Inez et Molly dévisageaient lady Palmer avec une surprise non dissimulée.

– Vous connaissez son histoire? demanda Molly.

– J'ai fait une enquête quand elle s'est présentée pour la place. C'est une précaution que je prends toujours avant d'engager de nouveaux employés. Hickory n'est pas un nom tellement commun, de sorte qu'il ne me fut pas difficile de remonter la piste. Elle est la fille unique de sir Peter Hickory, un châtelain du Norfolk; un artiste peintre très doué mais pas très équilibré. La mère est morte à la naissance de l'enfant, et son père a épousé par la suite son modèle favori.

– Peter! Son père s'appelait Peter! s'écria Inez.

– Justement. Dans son innocence, elle n'a jamais pensé que des gens mal intentionnés pourraient s'imaginer qu'elle avait donné à son enfant le prénom de Peter Edmonds! Vous vous souvenez peut-être de la mort tragique de son père. Il découvrit un jour que sa jolie épouse avait une liaison avec un homme dont elle refusa de se séparer. Quelques jours plus tard, invité à une partie de chasse sur les terres de l'un de ses amis, ce fut l'accident fatal, un coup de fusil.

– Il s'est tué d'un coup de fusil? s'écria Inez, consternée.

– Probablement, mais il avait maquillé le suicide en accident. Il avait escaladé un portail avec son fusil chargé. Le verdict du juge d'instruction a conclu à une mort accidentelle. Je ne sais pas quand ni comment Léna a appris la vérité. Sans doute lorsque sa belle-mère a épousé son amant avec une hâte gênante, juste avant de donner le jour à un enfant.

– Pauvre petite! murmura Molly. Ce dut être atroce.

– Oh, oui. Surtout étant donné son caractère. Léna a alors quitté son foyer et rompu tout contact avec ses beaux-parents.

Lilian se tut quelques instants puis ajouta sèchement :

– Ils n'ont pas fait beaucoup d'efforts pour la retrouver.

– Ils n'y tiennent pas, n'est-ce pas? Elle doit les embarrasser terriblement, dit Inez qui se souvenait encore de la turbulente Léna qu'elle avait rencontrée lors de sa première visite de la maternité. Une forte tête, sans la moindre inclination pour le compromis.

– Une petite personne très difficile, oui. Il faut que j'aie une conversation franche avec elle, c'est indispensable, ajouta Lilian Palmer.

– Elle ne devrait plus tarder. Puis-je vous offrir un sherry? Ou une tasse de thé? suggéra Molly.

– J'accepterais volontiers une tasse de thé. Je viens de chez Bridget. Elle était trop surexcitée pour y penser, dit Lilian en redressant ses épaules tombantes et en regardant Inez droit dans les yeux. J'espère que vous pourrez éviter de rendre la chose publique, mais si c'est le seul moyen de laver Joanna de tout soupçon, alors tant pis, n'hésitez pas. C'est Bridget qui a envoyé le panier de fruits, sur un coup de tête stupide.

– Bridget? répéta Inez tout en prenant conscience que cette révélation n'en était pas vraiment une, étant donné l'extrême instabilité de celle-ci.

– Quelle insensée! Pourquoi ne m'a-t-elle rien

dit de ses élucubrations névrotiques? soupira Lilian. Elle s'était mis dans la tête que le fils de Léna était celui de Peter; sachant que Peter désirait ardemment donner un petit-fils à mon mari, elle en a conclu que si Léna était gravement malade, elle laisserait Peter adopter le garçon.

– Elle voulait accueillir le bébé de Léna? s'écria Molly qui n'en croyait pas ses oreilles.

– Eh bien, oui! Ce seul fait suffirait à prouver son désarroi. Elle répétait à qui voulait l'entendre qu'elle préférait adopter le bébé d'une autre femme plutôt que d'en porter un autre elle-même. Pour ma part, je trouve cela contre nature. Mais le fait est que Bridget n'a pas de véritable affection pour ses trois filles. Elle leur reproche d'avoir déformé son corps et de s'interposer entre elle et Peter. Elle prétend qu'elles sont terriblement capricieuses.

– C'est possible. Elle n'est pas assez forte pour prendre soin de trois jeunes enfants en même temps, dit Inez. La solution serait de lui fournir une assistante maternelle expérimentée.

– Plus vite dit que fait. Bridget est jalouse; elle a déjà congédié plusieurs nurses sous les prétextes les plus futiles.

– Il faut donc une femme plus âgée.

Molly réfléchit un moment, le front plissé.

– Je me demande si cet emploi intéresserait Mrs Cartwright. Elle est veuve depuis peu et ne touche qu'une maigre pension...

Inez alla préparer le thé, laissant les deux

mères discuter sur la meilleure façon de venir en aide à Bridget.

Ces hommes! pensait Inez amèrement. Peter Edmonds faisait des enfants à Bridget en espérant à chaque fois qu'elle mettrait au monde un fils. Patrick, lui, refusait obstinément d'en avoir, ne serait-ce qu'un seul, parce qu'il lui faudrait alors partager sa femme! Inez essayait de le persuader, mais cela prenait plus de temps qu'elle n'avait cru d'abord.

Les femmes étaient également imprévisibles. Bridget, malgré son mari affectueux et fidèle, jurait qu'elle préférait mourir plutôt que d'avoir un autre bébé. Léna, sans mari ni amant, avait voulu son bébé et était déterminée à le garder. Quant à elle-même, son attitude demeurait ambiguë. Elle voulait un fils de Patrick, mais elle aimait aussi passionnément son métier et n'envisageait pas volontiers de l'abandonner, ne fût-ce que pour quelques mois. Elle craignait aussi l'effet que pourrait avoir un bébé sur leur vie. Après six ans de mariage, ils étaient encore ardemment amoureux. Or, si les enfants cimentaient parfois un mariage, il arrivait aussi qu'ils provoquent une rupture. Comment prévoir de quel côté pencherait la balance?

Il faudrait pourtant bien qu'elle se décide. Elle avait encore du temps devant elle. Mais Patrick avait quarante ans. Il n'était pas bon qu'un fils ait un père trop âgé.

Et Joanna, dans quel sens allait-elle décider? se demandait Inez. Car cette décision capitale incomberait sans nul doute à Joanna. Cecil, plus âgé que Patrick, ne tenait peut-être pas à fonder une famille, mais il n'en priverait pas Joanna. Il fallait aussi compter avec les risques. Joanna avait dépassé la trentaine.

Non que l'âge représentât un danger énorme. Polly Teniot était jeune, ce qui ne l'avait pas empêchée de frôler la mort. Elle se remettait physiquement, mais son état psychique était déplorable. Son mari la terrifiait, et elle était littéralement prise de panique à l'idée de rentrer chez elle.

Juliette Parvis devait quitter l'hôpital la semaine suivante; elle aussi avait de sérieux problèmes à affronter.

Ainsi, les pensées d'Inez tournaient presque malgré elle autour de ses patientes. Elle se souvint subitement du reproche souvent exprimé de sa mère : « Tu rapporteras toujours ton hôpital chez toi! Laisse-le donc un peu derrière toi! A ton âge, tu devrais t'intéresser à une foule d'autres choses... »

Molly avait également reproché à sa fille sa réaction à la décision de Billie : « La seule chose qui te tourmente, c'est qu'ils puissent retourner au Canada; Saint-Chad perdrait alors un chirurgien d'avenir et une infirmière de valeur. Mais songes-tu à ce que nous, ton père et moi, perdrions? Billie nous est très chère, et pas seulement parce qu'elle est la fille de Jane et de Bill. Mais pour toi, c'est l'intérêt de l'hôpital qui prime! »

Elle porta le plateau au salon. Elle se sentit de nouveau coupable quand elle annonça qu'il était temps pour elle de partir. Devant l'expression désappointée de sa mère, elle supposa que Molly aurait souhaité avoir avec elle, plus tard, une discussion amicale sur la visite inopinée de Lilian Palmer et de tout ce qu'elle impliquait.

– Je suis désolée, mais Patrick doit être rentré maintenant, s'excusa-t-elle. Billie est sortie avec Sean, alors c'est à moi de préparer le dîner.

Lilian Palmer devint songeuse.

– Ma chère, je vous envie. Au début de notre mariage, nous n'avions personne, faute de moyens. Simplement une femme de ménage qui venait de temps en temps. Je vous assure que j'adorais préparer un bon dîner chaud pour Jeremy. Il mangeait des sandwiches à midi, parce que la cantine de l'usine était trop chère.

– Maintenant qu'il est propriétaire et de l'usine et de la cantine, vous devriez être fière de lui, dit Inez impulsivement.

– Oh, bien sûr. Je suis fière de sa réussite, mais pas surprise au fond. J'ai toujours su qu'il était d'une intelligence hors du commun, avoua Lilian. Mais comme beaucoup d'hommes intelligents, il n'a pas une once de bon sens; et il devine si mal ce que ressentent les autres. Il était ravi d'acquérir le manoir, de le moderniser et de le pourvoir de la domesticité nécessaire. Mais il n'a jamais compris ce que je perdais, moi. J'aimais beaucoup la petite cuisine de notre premier bungalow et mon minuscule jardin.

– Je vous comprends. J'aime ma cuisine rustique, dit Molly avec un hochement de tête. Inez pense qu'on y perd un temps fou et qu'elle n'est pas pratique. Mais moi, je trouve sa cuisine terriblement nue. On dirait une cuisine d'hôpital!

– Les jeunes préfèrent le fonctionnel, les nourritures toutes prêtes et tout à l'avenant. Ce qui ne les empêche pas d'être toujours pressés. Bridget répète sans cesse qu'elle est sur les genoux. Je n'étais pas aussi épuisée ni aussi nerveuse à son âge. Il est vrai que je n'avais que Joanna à l'époque.

– Et moi je n'avais qu'Inez, dit Molly. Je faisais la cuisine, je m'occupais du bébé, et je prenais les messages téléphoniques. Je n'avais pas de congélateur.

– Moi non plus. Etions-nous donc plus résistantes, ou plus débrouillardes?

– Nous avions un ordre de priorité : mari, bébé, maison. Nous ne cherchions pas à gagner de l'argent. Nous laissions cela à nos maris, répondit Molly avec un regard malicieux vers sa fille.

– La moitié des épouses qui travaillent n'ont pas besoin d'argent, dit Lilian. Le travail à l'extérieur leur donne simplement plus d'indépendance, rien d'autre.

– Ou bien elles exercent un métier qu'elles aiment, intervint Inez qui se dirigeait vers la porte. Joanna ne s'arrêtera pas de travailler, n'est-ce pas?

– Je crois qu'elle abandonnera, au moins pendant un certain temps, mais ce sera sans doute pénible pour elle, répondit Lilian. Elle voudrait avoir un bébé avant qu'il ne soit trop tard.

« Avant qu'il ne soit trop tard... » cette petite phrase tournait dans la tête d'Inez tandis qu'elle courait vers sa Peugeot acquise récemment. Elle avait environ huit ans de moins que Joanna, l'urgence n'était donc pas aussi pressante. Mais le temps passait vite. Elle en reparlerait avec Patrick...

14

Immobile, Christopher observait les gestes agiles de Léna qui refermait les dossiers et remettait les chaises en place. Elle était encore trop frêle, mais sa silhouette flexible recélait une vitalité prête à s'exprimer, la même vitalité qui l'avait fasciné chez Inez.

La première fois qu'elle était apparue chez les Raine, Léna était pitoyable. Malgré cela, Christopher avait discerné en elle un esprit solide et sans faiblesse. Elle n'était pas de ces victimes sans défense. Ni de celles qui se rongent le cœur pour un homme qui ne peut, ou ne veut pas les épouser. Dans ces conditions, se demandait Christopher avec perplexité, comment avait-elle pu se retrouver enceinte? Pourquoi n'avait-elle rien tenté pour remédier aux conséquences d'une pulsion momentanée? Ce mystère exaspérait Christopher. De même que les rebuffades glaciales de la jeune femme dès qu'il se risquait à se montrer plus amical.

– Merci..., dit-il, bien qu'il l'eût déjà remerciée deux fois pour son aide. Euh... Si nous allions dîner quelque part, tous les deux?

Elle releva la tête et l'examina longuement sans sourciller.

– Désolée, docteur Denyer, mais je ne suis pas de celles à qui l'on prend la main.

– Que voulez-vous dire? s'indigna-t-il en rougissant. Qu'imaginez-vous là? Vous prendre la main sous la table?

– Oh, non! Rien d'aussi innocent. Vous m'avez mal comprise.

Elle se tourna vers lui en se redressant, et Christopher, de stature moyenne, fut surpris de constater qu'elle était presque aussi grande que lui. Elle poursuivit :

– « Chat échaudé craint l'eau froide. » On dit aussi que la pitié est mauvaise conseillère. Deux fois déjà dans ma courte vie j'ai commis l'erreur d'avoir pitié d'un homme. Je refuse de m'y laisser prendre une troisième fois.

– Deux fois?

Le fin visage de Léna se durcit, et sa peau ivoirine devint plus pâle.

– La première fois, j'ai eu pitié d'un mari dont la femme avait un amant qu'elle aimait à la folie. J'ai cru que le mari savait.

– Et alors?

– Il ne savait rien. Oh, bien sûr, il aurait fini par découvrir l'affaire un jour ou l'autre, mais c'est moi qui l'ai éclairé.

Elle avait une expression d'intense désespoir.

– Il n'a pas supporté la vérité. Il s'est tué.

– Mon Dieu!

– Ce fut l'enfer. Impossible d'oublier.

– Vous aimiez donc cet homme?

Elle fit un geste las.

– Si vous l'aviez connu, vous ne poseriez pas la question. D'un amour extraordinaire. C'était mon père.

– Léna... Chère petite... Je ne me doutais pas. J'ai eu tort. Je suis terriblement navré!

– Je vous crois. Vous êtes comme un enfant qui n'en finit pas de poser des questions, ou qui fouille avec un bâton dans une fourmilière ou un nid de guêpes. Vous êtes « terriblement navré » ensuite, mais le mal est fait.

– Je ne crois pas être spécialement lourdaud ou indiscret d'ordinaire, vous êtes injuste. Ce qui vous touche m'intéresse, c'est plutôt cela.

– Le résultat est le même. Satisfait?

L'éclat de ses yeux, le mouvement brusque de sa tête, l'énergie concentrée émanant de son corps étaient comme un défi.

– Non, répondit-il sans se laisser démonter. Je ne suis pas satisfait. Je veux en savoir davantage, je veux tout savoir de vous. Ne comprenez-vous pas que vous me fascinez?

– Oh, pour l'amour du ciel! Vous en savez suffisamment pour vous abstenir de me considérer comme un prix de consolation.

– Ce que vous insinuez là est méchant.

– Peut-être. J'admets que j'ai un caractère détestable qu'il vaudrait mieux éviter, comme la douce-amère...

– La belladone. C'est son autre nom. Vénéneuse à forte dose mais salvatrice quand on sait la doser. Cherchez-vous à me détourner ou à me séduire?

– Je vous dis simplement que si vous préparez une revanche contre notre gentille Billie, je ne serai pas celle qui vous montrera comment faire. Je crois qu'elle a fait le bon choix, pour elle comme pour vous. Vous êtes assez grand pour vous en remettre seul. Vous ne voudriez tout de même pas que l'on vous épouse par pitié! Vous vous le reprocheriez vite. Vous êtes suffisamment lucide pour comprendre que c'est d'une compagne que vous avez besoin, pas d'une mère, même s'il vous arrive de vous conduire comme un enfant.

– Eh bien, merci! Merci pour votre franchise.

– Vous êtes écorché? Vous avez perdu votre femme tragiquement, vous vous en blâmez peut-être. Moi, j'ai perdu mon père aussi tragiquement et j'ai de bonnes raisons de m'en blâmer, dit-elle d'une voix dure. Cela nous donne-t-il le droit d'attendre perpétuellement la sympathie de ceux qui ne savent pas ce qu'est le malheur?

– Ah, bon! Cela suffit, vous avez touché le point sensible. Inutile d'y aller à coups de marteau, dit-il sans aménité. Sachez d'ailleurs que je ne vous poursuis pas parce que je cherche un quelconque réconfort. Je pensais que vous comprendriez cela.

– Vous voyez bien que je n'ai rien à vous offrir.

La froideur de sa physionomie fit soudain place à un sourire malicieux.

– C'est ce vieux démon du sexe qui reprend le dessus? C'est un signe encourageant!

– Ah, vous, alors! dit-il en faisant un pas vers

elle. Vous êtes la créature la plus provocante et la plus irritante que j'aie jamais rencontrée!

Comme il eût aimé la secouer jusqu'à ce qu'elle demande grâce. Mais demanderait-elle grâce? S'il osait l'étreindre contre sa volonté, elle se défendrait furieusement.

Lui qui s'était cru doux et bon enfant..., d'où venait que cette femme fût capable de faire de lui un violent? Eveillait-elle quelque chose qui dormait au fond de lui à son insu? « Une compagne, pas une mère. » Et si elle avait raison?

Léna ne recula pas, toujours concentrée et aux aguets. Son cœur battait pourtant plus rapidement. Elle espéra qu'il ne le devinerait pas. Comme ce serait facile, terriblement facile, de l'encourager par un sourire et de se retrouver dans ses bras. D'autant qu'il devait être un amant tendre et attentif. L'attirance avait grandi entre eux. Il suffirait de peu de chose pour qu'il en naisse un sentiment plus durable. Mais il ne fallait rien brusquer. Elle avait bien appris la leçon. Ne pas céder à son impulsion!

On frappa un coup léger à la porte. Ils n'eurent pas le temps de réagir; la porte s'ouvrait déjà sur Molly qui explora le cabinet du regard.

– Vous avez terminé? demanda-t-elle en fronçant les sourcils.

Ni l'un ni l'autre ne soufflait mot; Molly ne manqua pas de percevoir la tension presque palpable entre eux. Léna se ressaisit.

– Vous avez besoin de moi? demanda-t-elle.

– Lady Palmer est ici, elle voudrait vous parler.

– Lady Palmer? Oh, non! Je ne veux pas la voir, je vous en prie... Je vous en prie, qu'elle s'en aille, protesta douloureusement Léna.

– Je crois qu'elle tient absolument à vous voir. Elle attend depuis près d'une heure. Pourquoi refuseriez-vous? Elle est très troublée à cause de ces fruits empoisonnés. Il semble que certaines personnes aient accusé Joanna.

– Quelle sottise! Si Joanna avait voulu me supprimer, elle n'aurait pas hésité et elle ne m'aurait pas manquée. D'accord, je vais la voir puisqu'il le faut, mais c'est vraiment inutile. Je suis vivante.

– Vous la trouverez au salon.

Molly était perplexe. Elle recula d'un pas tandis que Léna passait devant elle, hésita un instant, puis pénétra dans le cabinet de consultation.

– Mon cher Chris...

– Oui?

Christopher lui tournait le dos. Il triturait le buvard de son bureau, la tête penchée. Molly eut un léger coup au cœur en découvrant que ses cheveux, autrefois si drus, avaient perdu de leur épaisseur. Elle l'aimait comme un fils et voilà qu'elle s'apercevait inopinément que son « cher garçon » n'était plus un enfant.

– Soyez prudent, dit-elle timidement.

– Prudent? répéta-t-il, l'air absent.

Molly referma la porte et s'approcha de lui.

– Cette jeune femme... Il y a quelque chose en elle..., commença-t-elle, ne sachant trop comment exprimer sa pensée.

– Vous avez raison! Il y a certainement quelque chose en elle...

Il se retourna lentement.

– C'est un petit démon, le plus provocant qui soit.

– Provocant?

Ce n'était pas le terme qu'aurait employé Molly.

– Vous ne la trouvez donc pas attirante?

– Je n'en sais rien. Pourquoi cet air anxieux, tante Molly? demanda-t-il en lui souriant avec affection.

– Ça ne marcherait pas entre vous et Léna. Vous savez comment sont les gens. Ils vous soupçonneraient d'être le père de Peter.

– Oh, je ne crois pas! Tout le monde sait que je n'avais jamais vu Léna avant qu'elle surgisse ici...

Il haussa les épaules en signe d'agacement.

– Combien d'amants ne lui attribue-t-on pas? Moi, j'ai cru comprendre que le père serait Peter Edmonds.

– Selon lady Palmer, c'est ridicule.

– Je suis heureux de l'entendre. Ce garçon sérieux et guindé faisant la cour à Léna? C'est insensé. Elle est fort intelligente; en plus, elle a plus de caractère qu'eux tous réunis!

– Oh, Christopher...

– Oh, n'ayez aucune inquiétude! Si cela peut vous consoler, Léna n'a que faire de moi. Elle n'est pas du genre consolatrice, c'est elle-même qui me l'a déclaré.

– Elle est dure.

– Croyez-vous vraiment? Elle est douce et patiente avec les enfants. J'imagine qu'elle est capable de sensibilité, à condition que l'on sache pénétrer ses défenses. Des défenses redoutables, ô combien! Mais au delà, on dirait qu'elle est encore endormie, comme une jeune fille, si étrange que cela puisse paraître dans son cas.

– Encore endormie? Oh, Christopher! Elle est dangereuse, décidément.

– Allons! Ne protestez pas comme une mère poule affolée, répliqua-t-il gentiment mais fermement. Je suis un grand garçon à présent, assez grand pour prendre soin de moi.

– Les hommes sont-ils jamais adultes? Ils acceptent tout si facilement.

– Courage! Léna n'a aucun projet touchant ma petite personne, je vous assure. J'aurais voulu que vous l'entendiez riposter vertement quand je lui ai suggéré que nous pourrions dîner ensemble.

– Vous vouliez sortir avec elle? Pourquoi?

– Pourquoi pas? Je ne suis qu'un homme comme les autres! Ces soirées solitaires au cottage me pèsent. A quoi bon ressasser le passé tout seul dans mon coin? Si Cecil Larcher est capable de prendre un nouveau départ, je suppose que moi aussi, j'en suis capable.

– Bien sûr, cher garçon. Oh, mon Dieu! Si seulement Billie n'avait pas perdu la tête pour cet arrogant médecin, dit Molly d'un air chagrin. Elle aurait été parfaite pour vous.

– Je commence à en douter. J'ai dépassé le stade où un homme souhaite être materné. Billie est trop tendre, toute fondante de compassion. En fin de compte, j'ai plutôt besoin de quelqu'un qui me provoque et me stimule.

Il lui toucha l'épaule avec affection et sortit. Désemparée, Molly regardait vaguement le cabinet bien rangé. Privée de la grande famille qui l'eût comblée, elle disposait d'un énorme capital d'attentions maternelles inemployé. Elle s'était inquiétée du sort d'Inez. A présent, c'était Billie et Christopher qui la préoccupaient. Elle était tellement persuadée de savoir ce qui était bon pour eux et ni l'un ni l'autre n'était prêt à l'écouter. Pourquoi s'en désoler? Il lui restait son Richard adoré qui partageait volontiers ses problèmes et leur trouvait parfois des solutions. Elle avait plus de chance que la plupart des femmes; bien plus que cette pauvre Lilian, par exemple.

Rien de surprenant si lady Palmer souffrait de « fatigue cardiaque », selon l'expression consacrée. Sir Jeremy devait mettre ses nerfs à rude épreuve, de même que ses filles. Toutes trois avaient hérité la volonté implacable de leur père, mais elles étaient bien différentes, malgré cela. Pourquoi Lilian avait-elle tant insisté pour parler à Léna en tête-à-tête? Cela surprenait Molly. Lilian craignait-elle que la jeune femme n'entreprît quelque action contre Bridget? Certes, dans sa témérité Bridget s'était comportée en irresponsable. Elle aurait pu avoir la mort de Léna sur la conscience. Quel dédommagement Lilian offrirait-elle? Léna accepterait-elle quoi que ce soit? Elle avait déjà déclaré tout net qu'elle refuserait toute aide financière, d'où qu'elle vienne.

Lady Palmer, qui connaissait Léna depuis beaucoup plus longtemps et qui avait eu l'occasion d'apprécier le caractère de la jeune femme ne songeait nullement à une compensation.

Considérant la silhouette menue mais assise bien droite sur la chaise, en face d'elle, Lilian dit sur le ton du regret :

– Que de complications auraient été évitées si vous aviez été franche avec moi, ma chérie.

– Des complications? Pour qui?

Léna lui apparaissait comme un oiseau sauvage prêt à prendre son vol. Elle ne ferait rien pour faciliter l'entretien, c'était évident.

– Bridget s'est terriblement compliqué la vie à cause de vous, persuadée que Peter vous avait... séduite.

– Ce pantin! Il aurait eu la réponse qu'il méritait s'il avait essayé, répondit Léna avec fureur.

– Il n'a pas essayé? Bridget l'a cru attiré par vous.

– Possible. N'importe quelle fille pas trop moche l'aurait agréablement distrait des plaintes perpétuelles de sa femme. Elle aurait voulu le perdre qu'elle ne s'y serait pas prise autrement!

– Vous n'êtes guère gentille.

– Pour Bridget? Non. Je ne peux pas l'être. C'est une sotte. Si elle n'aime pas les enfants, qu'elle n'en fasse pas, dit Léna d'un ton tranchant. Je ne supporte pas les gens qui font des choses et qui pleurnichent sur les conséquences pourtant prévisibles de leurs actes.

– Vous n'avez probablement pas pleurniché, vous.

– Je n'ai pas une vocation de martyre.

– Vous pensez que notre petite Bridget en est une? Peut-être avez-vous raison, concéda Lilian. Et Joanna? Elle aussi a la vie dure. La moitié de Saint-Chad croit qu'elle a tenté de vous empoisonner.

– Ceux qui la connaissent ne le croiront jamais. Je ne me la représente pas se baladant à travers l'hôpital avec de l'herbicide. De plus, je n'ai pas l'impression qu'elle reculerait devant un scandale. Si je ne me trompe, elle était prête à sacrifier sa propre réputation pour Larcher, il y a quelques années.

Lilian soupira, et Léna la considéra avec un mélange de pitié et d'exaspération.

– Vous vous tourmentez bien à tort. Joanna est assez forte pour se défendre. Quant à Bridget, il faudra bien qu'elle apprenne à marcher toute seule. Pourquoi vouloir tout régler à la place de vos filles?

– Les mères sont ainsi. Elles protègent leurs rejetons.

– Est-ce indispensable? Ma mère est morte à ma naissance.

– Je sais, ma chérie. Vous avez vécu des jours pénibles, mais vous ne faites rien pour vous faciliter les choses. Si vous vous étiez confiée à moi dès le début au lieu de me laisser me faire tant de soucis... (Lilian se tut subitement, les sourcils froncés.) Pourquoi ce silence obstiné? Vouliez-vous m'épargner? Ou lui?

– Vous ne comprenez pas, n'est-ce pas? Je n'ai pas été assez noble, j'ai refusé de me sacrifier. Pourquoi me serais-je donné tant de peine pour ménager vos sentiments ou les siens, ou même ceux de vos filles?

Un sourire méchant passa sur les lèvres de Léna.

– Ce n'est pas que je cherche délibérément à blesser quiconque. J'ai horreur de voir les gens souffrir.

– Alors...

– Ne comprenez-vous pas que c'est moi et mon bébé que je protégeais? J'admets que Peter est un pur accident, mais quand j'ai su, j'ai voulu qu'il naisse, j'ai voulu le garder. Vous ne savez pas ce que c'est que de ne rien avoir à soi, dit Léna avec une passion soudaine. Peter est à moi, absolument et complètement. Je ne voulais pas que l'on s'empare de nous!

– C'était donc cela? Vous aviez peur que Jeremy...

Sa voix s'éteignit devant le geste impérieux de Léna.

– Je vous en prie! Ne parlons pas de cela. Honnêtement, ce fut un incident stupide et sans signification aucune. Il était bouleversé de vous voir si malade. Vous étiez endormie après une crise d'angine de poitrine. Il est descendu aux écuries, sans doute dans l'espoir d'entendre quelques paroles de consolation de Peggy. Elle était sortie avec des amis. Il pleurait comme un enfant.

Léna détourna la tête, le visage dans l'ombre.

– J'ai cru revoir mon père, bouleversé lui aussi à cause de sa femme. Mes pensées se bousculaient. Il me faisait de la peine. Je l'ai pris par les épaules, le suppliant de ne pas s'inquiéter. C'est un geste stupide, mais je ne pouvais pas deviner comment il y réagirait.

Lilian sourit doucement.

– Jeremy n'est qu'un homme. Et vous, vous manquiez d'expérience, sinon vous auriez su que les hommes cherchent souvent une échappatoire dans le plaisir. Il suffit d'un frôlement, d'un contact.

– Je le sais à présent. C'est une leçon que je ne suis pas près d'oublier, dit Léna. Ensuite, il est apparu gêné, murmurant qu'il avait perdu la tête. Nous étions tous deux comme en état de choc. Je lui ai dit de n'y plus penser.

– C'était généreux de votre part.

– Oh, non. Simplement juste. Je m'étais conduite sottement, moi aussi. On devrait toujours réfléchir avant de se laisser aller à la pitié.

Elle tourna la tête et regarda Lilian dans les yeux.

– Satisfaite? Inutile de vous tourmenter. Il ne vous a pas vraiment été infidèle.

– Je sais, ma chérie. Je connais mon mari.

– Eh bien alors, pour l'amour du ciel, n'en parlons plus! Il n'y a pas de problème pour moi.

– Oui. Je vous crois. Vous n'avez pas besoin de pitié. Vous n'avez pas besoin d'aide financière non plus. Peut-être l'ignorez-vous, mais d'après le testament de votre père, la moitié des biens qu'il a laissés vous revient de droit.

– Un testament? Que savez-vous donc de mon père? Vous avez enquêté sur mon passé?

– Pas récemment. J'avais fait effectuer quelques recherches avant de vous engager. Je le fais pour tous ceux qui travaillent chez nous. Rien de personnel là-dedans. Je vous suggère de faire connaître votre adresse actuelle aux notaires de votre père. Vous n'avez même pas besoin de prendre contact avec vos beaux-parents.

– Je ne savais pas que mon père avait fait un testament, et je n'avais pas la moindre envie de me chamailler avec ces gens.

– Vous êtes encore très jeune par certains côtés. Même sans testament, vous aviez droit à un tiers de ses biens puisque vous êtes son unique enfant.

– Ah? C'est vrai? Eh bien, ce sera utile pour Peter. Merci de m'avoir mise au courant.

Léna souriait, apaisée.

– Je suis navrée de m'être montrée rude et agressive. Vous êtes d'une grande bonté, lady Palmer. Je l'ai vu tout de suite. Votre famille ne vous mérite pas!

– Si j'avais eu un caractère plus aguerri, plus volontaire, j'aurais sans doute eu plus d'influence sur mes filles.

– J'en doute. Vous n'auriez jamais pu empêcher les querelles ni les scènes du genre de celle que j'ai eue avec sir Jeremy avant de quitter le manoir.

Elle sourit avec un peu de malice.

– Il se sentait coupable. Il a jugé bon de m'offrir un poste plus reluisant que celui de servante d'écurie. Il me pressait de suivre des cours de secrétariat pour entrer dans sa sacrée usine. Je lui ai dit qu'il pouvait rempocher son offre.

– Et ensuite... il vous a congédiée?

– Pour impertinence! Mais oui! Je l'avais cherché, évidemment. Je me doutais déjà de ce qui était en train de m'arriver; et le Dr Edmonds venait de confirmer mes soupçons. J'ai saisi l'occasion pour fuir, avant qu'une autre idée ne vienne à sir Jeremy.

– La plupart des jeunes filles auraient aimé qu'il sache.

– Diable, non! Pas si elles l'avaient connu avec ses manières de propriétaire et de tyran, dit Léna en appuyant sur les mots. Il ne faut pas qu'il sache jamais. Je vous demande même de me promettre de ne rien lui dire, lady Palmer!

– Je comprends votre pensée, mais il attend un fils depuis si longtemps...

– Il a déjà beaucoup. Il ne peut pas *tout* avoir. Peter est à moi. A la moindre tentative de sir Jeremy pour me le prendre, je suis prête à jurer que c'est un autre homme qui est le père. Peter Edmonds, par exemple...

Il y eut une étincelle de triomphe dans son regard.

– Vous ne prendriez pas ce risque, n'est-ce pas, lady Palmer? Qu'on ne se mêle de rien! C'est tout!

– Puisque vous en avez décidé ainsi...

– Oui. Je donnerai à Peter le père qui lui conviendra le moment venu. Et maintenant, je vous en prie, oubliez cet entretien. Sachez que je n'aurais aucun remords à nier qu'il ait jamais eu lieu.

– Quelle intransigeance!

Lilian oscillait entre le soulagement et le chagrin.

– Je souhaitais seulement arranger les choses au mieux pour chacun. Mais vous ne me laissez pas le choix. Je ne peux pas vous offrir mes vœux de bonheur pour l'avenir.

– Je vous en remercie avec gratitude. Vous m'avez éclairée plus que vous ne le pensez. Vous m'avez montré ce qu'il en coûte d'être une bonne épouse et une bonne mère, conclut Léna avec plus de douceur. Je saurai m'en souvenir.

15

– Tu rentres bien tard! bougonna Patrick, le regard accusateur. J'ai cru que tu avais oublié ton mari et ton foyer.

– Oh, je t'en prie!

Inez écarta de son front brûlant ses cheveux humides. L'été venait de s'installer avec une vague de chaleur intense, et l'aile vétuste de la maternité n'était pas équipée de l'air conditionné.

– Je n'en peux plus! Ce stupide Teniot n'arrive pas à se mettre dans la tête que Polly a besoin d'une période de convalescence. Il m'accuse presque d'être une féministe militante et d'essayer d'influencer son épouse.

– Il y a peut-être un peu de vrai là-dedans, dit Patrick posément.

Inez se sentait lasse et exaspérée. Pourquoi avait-elle choisi ce chemin difficile? Pourquoi n'était-elle pas tombée amoureuse d'un homme qui l'aurait accueillie avec des paroles de sympathie et une boisson rafraîchissante? Pourquoi fallait-il que Patrick fût si exclusif et déraisonnable?

Elle aurait voulu le rabrouer vertement, mais elle n'en avait plus la force. La journée avait été pénible...

Elle allait se diriger vers la porte quand Patrick dit d'une voix goguenarde :

– Voudrais-tu me préparer un cocktail, je te prie?

– Prépare-le toi-même! Moi, je vais prendre une douche absolument urgente!

Elle s'élança dans l'escalier tout en ôtant son bonnet et sa blouse. Elle se sentait mal à l'aise dans ses vêtements. Libérée du bonnet qui l'emprisonnait, son épaisse chevelure noire tomba sur ses épaules. Une chevelure bien lourde en cette saison. Pourquoi hésitait-elle à y passer les ciseaux? Sous prétexte que son mari et son père l'aimaient ainsi?

« Malgré les idées nouvelles et les mouvements de libération, ce monde reste celui des hommes, pensa-t-elle avec agacement comme elle se déshabillait. Nous cherchons toujours à leur plaire et craignons de leur désobéir. Cette malheureuse Polly Teniot n'aura jamais le courage de se rebeller contre son mari. Elle sera de nouveau enceinte bientôt parce que son Ron tient absolument à avoir un fils. Ce sera sans doute aussi le destin de Bridget Edmonds. Ah, ces hommes! »

Ils n'étaient même pas taillés selon un modèle donné. Une jeune fille ne pouvait jamais savoir ce qui l'attendait, pensait Inez dont les idées se bousculaient tandis qu'elle haletait sous la douche glacée. Certains étaient faits pour fonder une famille et devenir d'excellents pères. D'autres voulaient des fils pour perpétuer leur nom, reprendre leurs affaires, faire fructifier leur patrimoine. Ceux-là ne se souciaient guère du bonheur de leurs filles. D'autres encore reculaient devant les responsabilités d'une famille ou bien hésitaient à partager une épouse, comme Patrick. Très peu de maris, en tout cas, abandonnaient une décision aussi vitale à leur épouse. Pourtant, n'était-il pas normal que les femmes aient leur mot à dire?

Les hommes étaient égoïstes, vaniteux et exigeants. Ils trouvaient tout naturel d'établir eux-mêmes les règles du jeu social. Malgré cela, quelle jeune fille désirait vraiment une existence solitaire? L'indépendance était une belle chose jusqu'à un certain point. Elle risquait cependant de conduire à un célibat terne et décevant. Le mieux était donc encore d'accepter l'homme tel qu'il est plutôt que de se détourner de l'amour et du mariage.

Un bruit léger, un grattement, et les rideaux de la douche s'écartèrent. Elle se tourna et découvrit Patrick qui tenait un grand verre à la main.

– Cocktail? demanda-t-il. Martini blanc, Schweppes et glaçons?

– Formidable, dit-elle avec gratitude en refermant le robinet. Tu t'es même souvenu de la tranche de citron.

– Je ne suis pas tout à fait un bon à rien. Il fut un temps où j'étais bien obligé de préparer moi-même mes cocktails.

Elle hocha la tête. Elle n'aimait pas se souvenir de la différence d'âge qui existait entre eux. Elle avait l'impression désagréable que de là venaient la plupart de leurs querelles. Et à cela, point de remède.

Elle sirotait la boisson fraîche avec plaisir, consciente du regard intense de Patrick, mais nullement troublée. Ce n'était pas vanité de sa part, mais elle savait que sa silhouette supportait la comparaison avec n'importe quel modèle de magazines.

– Tu es belle, dit Patrick subitement. Souhaites-tu vraiment que ces courbes parfaites soient compromises par une grossesse?

– Il va de soi que non. Dieu merci, on ne perd pas sa silhouette pour toujours. Ce n'est qu'une affaire de mois.

– Pas toujours. Certaines femmes sont marquées à jamais.

– Sans doute parce qu'elles n'ont pris aucune précaution ou n'ont pas lutté. Il y a des femmes qui se laissent aller, mais ce n'est pas mon cas. J'ai suffisamment de volonté.

– Inutile de me le rappeler, dit-il avec conviction.

Il saisit une serviette et enveloppa Inez; puis il la prit dans ses bras.

– Oh, cher amour! Doucement...

Elle étouffait presque; son verre oscilla et quelques gouttes de liquide éclaboussèrent Patrick.

– Laisse-moi finir mon verre...

– Dépêche-toi alors! Je t'attends depuis des

heures pour t'annoncer une bonne nouvelle, et toi, tu m'envoies promener et tu décampes...

– Désolée! Mais alors, pourquoi m'avoir accueillie avec des reproches?

Elle vida son verre d'un trait et se dégagea.

– Sois raisonnable à présent! Je suis trempée.

– Je vais te sécher. Ne bouge pas!

Il se mit à la frictionner vigoureusement.

– Ta peau est comme du velours fauve.

– Oui, je sais, je sais. Quelle est donc cette grande nouvelle? Quelque chose de sérieux ou une rumeur? demanda-t-elle. Oh, ça suffit! Tu m'étrilles comme un cheval!

– On ne peut plus sérieux. Je le tiens de l'officier principal de Santé. En confidence, bien sûr. Il n'en a pas encore été question devant le Conseil.

– De quoi s'agit-il? Parle donc, je suis au supplice!

– L'officier principal de Santé me considère comme un frère depuis cette fameuse réception. Curieuse volte-face, ajouta-t-il en jetant la serviette avant de débarrasser Inez de son bonnet de douche. Tu te souviens de l'idée saugrenue de sir Jeremy à propos d'une éventuelle transplantation cardiaque pour sa femme?

– Oui. Toi et les autres aviez repoussé cette idée absurde.

– Eh bien, nous avons réussi encore mieux que nous ne pensions. Sir Jeremy propose à présent de nous construire une maternité ultra-moderne.

– Ce serait une excellente chose. Mais... c'est surprenant.

– On dirait qu'il vient d'avoir la révélation de la vétusté des salles de maternité. Est-ce à cause de Bridget? Jamais encore il n'avait accordé la moindre attention à cette partie de l'hôpital. Tout son intérêt allait aux blocs opératoires.

– Peut-être un geste de réparation?

– Un geste de réparation? Pour quoi? s'étonna Patrick.

Inez se mordit les lèvres. Lady Palmer s'était résignée à ce que le geste de Bridget fût divulgué si cela se révélait indispensable. Inez y avait réfléchi. Devait-elle parler? Elle en arriva à la conclusion que les bruits accusant Joanna s'éteindraient d'eux-mêmes après le départ de Léna de l'hôpital. Il était donc inutile d'impliquer Bridget. Non qu'elle fût soucieuse d'épargner la jeune femme. En revanche, elle avait de la sympathie pour le mari de Bridget, et ce serait un choc pour lui si l'on apprenait que sa femme avait tenté d'empoisonner Léna; d'autant que se trouverait ainsi relancée la rumeur d'une liaison entre lui et la jeune femme. Le mieux était donc de laisser retomber le silence.

Elle n'avait même pas parlé à Patrick de la visite de lady Palmer ni de ses révélations. Elle n'en avait d'ailleurs guère eu l'occasion. Patrick n'ayant jamais accordé le moindre intérêt à Léna Hickory.

Savait-il même que Léna était installée chez les Raine? Elle évitait de trop parler de West Wheystone à Patrick. Elle avait très vite pris cette habitude, car il était jaloux de ses parents. Ils n'étaient pourtant pas bien exigeants. Il était également jaloux de l'amitié qui demeurait entre elle et Christopher. Il n'oubliait pas que l'associé du Dr Raine avait faillit l'épouser. Cette vieille jalousie, apaisée quelque temps, s'était ranimée à la disparition de Rosemary.

– Geste de réparation? répéta Patrick en fronçant les sourcils. Veux-tu insinuer que sir Jeremy serait responsable?

– Ciel non! Quelle drôle d'idée!

– Tu trouves? Cette Hickory travaillait au manoir, et les hommes de cette trempe ont souvent des réactions imprévisibles dans leurs instants d'oisiveté.

– Comme mon brillant mari tout à sa vocation? Est-ce un avertissement? demanda-t-elle en riant.

– Je t'ai. Je n'ai donc aucune raison d'en désirer une autre, murmura-t-il en la pressant contre lui et en la caressant tendrement. Selon l'officier principal de Santé, sir Jeremy s'était mis dans la tête que tu pourrais prendre la direction de cette maternité flambant neuve. Alors j'ai réagi! Je n'ai pas tergiversé, je te prie de le croire.

– Vraiment! Sans même m'en avoir parlé!

– J'ai déclaré tout net que tu étais beaucoup trop jeune pour une si lourde responsabilité et que Joanna, plus âgée, était la personne idéale pour ce poste, poursuivit Patrick.

– Tu as osé faire cela? Une telle fonction serait un défi fantastique à relever et un honneur. Je ne suis pas sûre de la voir me passer sous le nez avec plaisir!

– Eh bien moi, j'ai refusé en ton nom, dit Patrick sur un ton sans réplique. Tu en fais déjà trop!

– C'est évidemment normal d'offrir la place à Joanna, mais si j'en crois ce que l'on me dit, elle manque d'habileté; elle ne sait pas tirer le meilleur de son équipe.

– Tranquillise-toi. Sir Jeremy ne pense pas à elle pour ces hautes fonctions.

– Non?

– Non. Il a prévenu Kirtonbury que lorsque la maternité serait prête à fonctionner, Joanna aurait un héritier à élever. Soit dit en passant, j'admire sa certitude! En tout cas, c'est un projet dont la mise au point demandera du temps. Il faudra l'autorisation du ministère, du Conseil, et puis celle de la commission au Logement et Dieu sait quoi d'autre.

– Il réussira. Il sait ce qu'il veut!

– Moi aussi, mon amour. Moi aussi!

Patrick se mit à rire et emporta sa femme jusqu'à leur chambre où il la déposa sur le lit immense.

– Sans le vouloir, la Kirtonbury m'a fourni la réponse imparable à la proposition incongrue de sir Jeremy. J'ai solennellement annoncé que lorsque la maternité serait terminée, ma femme, elle aussi, aurait un héritier qui accaparerait tout son temps et ses soins.

– Tu as dit cela? C'est vrai?

Elle était au comble de la surprise.

– Patrick, tu avais juré tes grands dieux que tu ne voulais pas entendre parler d'enfant.

– Il n'y a pas que les femmes qui sont susceptibles de changer d'avis, répondit-il tranquillement. « De deux maux, il faut choisir le moindre. » Et je vois bien que c'est le seul moyen de t'empêcher de t'épuiser à l'hôpital. Je suis donc obligé d'en passer par là.

– Ainsi, tu as décidé sans me consulter!

Elle aurait souhaité mettre plus de défi dans le ton de ses paroles, mais elle dut céder à son cœur qui battait à tout rompre.

– Oh, mon amour, dit-elle d'une voix doucement plaintive, pourquoi te montrer toujours aussi despotique?

Comme leurs lèvres s'effleuraient, il trouva le seul argument irréfutable :

– Tu es ma femme, et je t'aime.

1495

Impression Brodard et Taupin
à La Flèche (Sarthe) le 3 avril 1990
1918C-5 Dépôt légal avril 1990
ISBN 2-277-21495-7
1er dépôt légal dans la collection : juillet 1983
Imprimé en France
Editions J'ai lu
27, rue Cassette, 75006 Paris
diffusion France et étranger : Flammarion